Enrico Bernard

Rosa allein
gegen die 'Ndrangheta

Eine Erzählung oder ein Monolog

mit der italienischen Originalversion
im Anhang

BeaT entertainmentart

Speicherstrasse 61 - 9043 - Trogen - Svizzera

entertainmentart@gmx.net

ISBN Paperback: 9783038411642

ISBN ebook: 9783038411659

ISBN Gebundene Ausgabe: 9783038411673

Vorwort von Emilia Costantini

Die Protagonistin ist eine junge Frau, Rosa, die von der Mafia schwer getroffen wurde. Ihr Mann, ein Journalist, wurde ermordet, weil er es wagte, sich den Interessen der Mächtigen zu widersetzen, indem er verborgene Wahrheiten aufdeckte. Später, als Mutter, sieht sie, wie ihr Sohn wie die verhassten Mafiamörder wird. Erst später stellt sich heraus, dass dies ein Trick ihres Sohnes war, um sich in die Mafiaorganisation einzuschleusen, ihre Geheimnisse zu entdecken und sie mit Beweisen und Dokumenten für den Prozess entlarven zu können. Rosa wird daraufhin in eine Stadt in Norditalien gebracht, wo sie unter Schutz steht. Aber sie wird von der lokalen Bevölkerung nicht gut aufgenommen. Sie, eine Frau aus dem Süden, ist nicht in der Lage, Anpassungsprobleme zu überwinden. Sie darf weder ihre Identität noch den Grund für ihre Anwesenheit in der scheinbar ruhigen Stadt preisgeben, die in ihr ein störendes Element und eine Gefahr für die Infiltration der Mafia sieht.

Rosa ist eine einsame Frau. Sie hat ihren Mann bei einem Mafiaangriff verloren. Sie hat ihren Sohn verloren, der, nachdem er die

Übergriffe seines Vaters angeprangert hat, an einem geheimen Ort unter Schutz lebt. Nicht einmal seine Mutter darf aus Sicherheitsgründen wissen, wo.

Rosa ist stolz auf ihren Mann, einen unbequemen Journalisten, der seinen Mut mit dem Leben bezahlte, und auf ihren Sohn, der denselben Mut bewies, indem er ermittelte, bis er herausfand, wer den Mord an seinem Vater in Auftrag gegeben hatte.

Rosa lebt in Kalabrien, Saudi-Kalabrien, wie sie es nennt. Eine Geschichte von heute, gestern und vielleicht leider auch von morgen. Eine Geschichte aller Zeiten, die in Italien uralte, tiefe und schwer zu tilgende Wurzeln hat.

Rosa ist eine Frau aus dem Süden, die sich nicht mit Ungerechtigkeit abfindet, die nicht den Kopf senkt angesichts von Tyrannayen, die die Kraft hat, die Wahrheit laut zu sagen, wenn auch mit schwacher Stimme.

Aber gerade deshalb muss Rosa bei sich selbst neu anfangen, denn sie will jene Wahrheiten nicht vergessen, die wie Seesterne auf dem sandigen Grund des Abgrunds vergraben sind.

Das Gedächtnis zu bewahren ist eine schwierige, aber sehr nützliche Übung. Ihre

Rebellion hat sie viel gekostet, ebenso wie die ihres Mannes, der getötet wurde, und ihres Sohnes, der gezwungen war, sich zu verstecken, um nicht umgebracht zu werden.

Dennoch gelingt es Rosa zu lächeln, wenn sie sich an die glücklichen Momente erinnert, als sie noch eine Familie hatte. Die Geschmäcker, Düfte und Farben eines verlorenen Glücks. In ihr, stolz wie eine verwundete Löwin, regt sich eine Welt gegensätzlicher Gefühle, die aus Bernards trockener, rhetorikfreier Prosa lebendig und intensiv hervorgehen.

Emilia Costantini

Kapitel 1.

Es ist viel Zeit vergangen, seitdem ich hierher in den hohen Norden gekommen bin, aber man sieht mich immer noch schräg von der Seite an. Wer mich nicht kennt, errät durch meinen Akzent, dass ich nicht von hier, sondern aus dem Süden bin. Und sobald man mich reden hört, misstraut man mir. Die Worte aus meinem Mund haben betonte Konsonanten und offene Vokale. Man fragt mich, ob ich aus Sizilien bin und wenn ich: *beinah* antworte, um meine wahre Herkunft nicht zu offenbaren, behandelt man mich mit Vorbehalt, ohne hinzuzufügen, was man sich denkt: du bist also aus Kalabrien. Das hat man schon verstanden und man fürchtet sich vor meiner Herkunft und rätselt, warum ich wohl hier bin, in diesem kleinen Dorf im Nordosten des Landes, was ich hier wohl mache, ob ich vielleicht die exilierte Frau eines 'Ndrangheta-Oberhaupts bin?

Ich lese in ihren Blicken, was sie denken: das Einzige, was diese Scheißsüdländer exportieren können, ist die Mafia. Sie schicken sie in den Norden, damit sie sich auch hier ausbreitet, sie bringen uns das Geschwür des Südens.

Ich sehe zu Boden, denn ihr Schweigen sagt mir alles, und ich gehe zurück nach Hause wie ein geprügelter Hund.

Ich war immer allein, immer. Allein war ich als Kind in meinem Zimmerchen, denn uns Mädchen ließ man nicht auf der Straße spielen. Ich habe keine Geschwister. Allein war ich auch nach der Hochzeit, denn Rocco war nie da, er hatte immer zu tun wegen seiner Recherchen und wegen der Artikel, die in seiner Prioritätenskala selbstverständlich den Vorrang hatten, noch vor den familiären Verpflichtungen, vor mir und unserem Sohn Giacomino… und wenn er nicht da war, was fast immer so war, wollte ich einfach nicht ausgehen… allein! Was sollte ich schon allein in den Gassen die Blicke auf mich ziehen, die Leute dort unten, in Kalabrien, kannten mich – und wie sie mich kannten! – als *'a muhhjera d' 'o scassaminchia! (Die Frau des Spielverderbers)*.

"Viel zu gefährlich für Sie" ruft der Maresciallo, der kurz vor der Pensionierung steht, die ich ihm sicher nicht verderben will, indem ich ihn zwinge, seinen Körper für mich als Schutzschild einzusetzen.

"Sie haben recht, Maresciallo, es sieht

heute schlecht aus, ich bleibe daheim, gehen wir lieber morgen hinaus, wenn es besser wird…

"Es wird besser werden, sicher, morgen…

Der Maresciallo vertieft sich wieder in die Sportnachrichten der *Gazzetta dello Sport* und errichtet erneut diesen Schutz aus Zeitungsblättern zwischen uns – zwecklos, denn wenn man mich umbringen wollte, wäre man schon längst über seine Leiche gestiegen.

"Morgen wird die Sonne herrlich scheinen, sie werden schon sehen", versucht mich *Maresciallo Nutzlos* zu trösten. Den Beinamen *Nutzlos* habe ich ihm gegeben, auch weil ich seine wahre Identität nicht preisgeben darf. *Nutzlos* war auch sein ausweichender Kommentar, denn ich bezog mich natürlich nicht auf das Wetter, sondern auf die allgemeine politische Situation. Ich hoffte, dass die anhaltende Zwangslage, in der ich leben musste, bald enden würde, dass der Krieg enden würde, der Mafiakrieg, der mich ins Geschehen hineingezogen, überwältigt und gebrochen hatte.

Leider wusste ich, dass nichts jemals enden würde, auch wenn ich es nicht wahrhaben wollte, ich wusste, dass die politisch-zivile Moralkrise und damit die Korruption noch schlimmer werden würden, weil Italien von Süden bis Norden eine

Sickergrube voller Elend und Abschaum ist. Trotzdem muss ich zugeben, dass ich, tief verborgen in meinem kleinen Herzen, die Hoffnung gehegt hatte, dass Rocco eines Tages mit seiner verfluchten Arbeit, die uns so viele Sorgen bereitete, fertig würde. Und nach Beendigung, der Erfüllung seiner Mission, nachdem das Schlusswort zu seinen Recherchen gefallen wäre, hätten wir zusammen ans Meer fahren können, ohne Bewachung, allein, nur er und ich, händchenhaltend wie ein Liebespaar. Heilige Unbedarftheit, wie kindlich von mir, in der Welt der Träume zu spielen! Es stimmt, dass sich Menschen gern Illusionen über unrealisierbare Dinge machen, Dinge, die sich niemals bewahrheiten können, niemals, rein deshalb, weil die Realität wie eine harte Brotkruste ist, die man nicht zerbeißen kann, aber man muss sie sich zwangsläufig einverleiben, indem man sie hinunterschluckt.

Und so finde ich mich nun wieder, ich schlage die Zeit tot - so ein passender Ausdruck, er scheint ganz und gar für mich gemacht - und ich bin hier, in einer nebeligen Provinz des Nordens, unter Leuten, die mich nicht lieben, die mich nicht verstehen und die mich vor allem nicht hierhaben wollen. Diesen Leuten würde ich gern meine Geschichte erzählen, ihre Freundschaft gewinnen, ihr Vertrauen, ihr Verständnis, ihre Solidarität. Aber man hat mir nahegelegt, nichts zu sagen, den Mund zu halten, Verschwiegenheit zu wahren wie ein echtes Mafiamitglied, denn ich würde damit nicht nur meine eigene, sondern auch die Sicherheit anderer Personen aufs Spiel setzen.

Und wer würde mich schon verstehen? Wenn sie die ganze Wahrheit wüssten, die reine Wahrheit in Großbuchstaben, würden sie mir nur noch verängstigter ausweichen und ich wäre in ihren Augen Skylla, das Ungeheuer, das von Myriaden wilder Hundsmäuler umgeben ist. Was soll ich da lange darauf hinweisen, dass Skylla nicht als Ungeheuer zur Welt kam, sondern als wunderschöne Nymphe, in die sich der Sohn des Meeresgottes Poseidon verliebte. Es war die eifersüchtige Kirke, die an den Gestaden von Zancle (Messina), wo die Nymphe stets badete, Gift ins Wasser goss. Dieses Gift verzauberte ihre Beine in Tentakel, an deren Ansatz die schrecklichen Zerberusköpfe bellen und knurren.

Mein Gott, wie oft hat mir meine Mutter diese Geschichten zum Einschlafen erzählt, als ich ein Kind war! Aber ich glaubte sie, und wie ich alles glaubte, heilige Muttergottes! Und nachts gingen mir diese mythologischen Erzählungen durch den Kopf und ich erwachte aus Albträumen, in denen Schreckliches geschehen war… es war eine tragische Vorahnung, das weiß ich jetzt.

Kapitel 2.

M eine Heimat ist dort, wo es das beste Olivenöl der Welt gibt und das klarste himmelblaue Meer, wo die Berge wie verwunschene Burgen zum Himmel ragen und wo die Flüsse im Frühjahr tosend zu Tal fließen, während ihre Flussbetten im Sommer von der Sonnenglut so ausgetrocknet sind wie das Rückgrat eines versteinerten Dinosauriers. Es ist das Land der Fata Morgana, der Bronzestatuen von Riace, der sybaritischen Kultur, die Licht, Leben und Gefühl in dieses Barbarenland Italien brachte und es für das griechische Gedankengut öffnete, für Parmenides, Pythagoras und Plato.

Aber nicht alle wissen, was der Name meiner Heimat Kalabrien bedeutet, der nichts mit *calabroni*, mit Hornissen, zu tun hat. Kalabrien kommt aus dem Griechischen *Kalon-brion*, was so viel bedeutet wie: *ich lasse das Gute sprießen*, durch die Fruchtbarkeit des Bodens... Olivenhaine, Orangen- und Zitronengärten, Kornfelder, Bergamotten und Zedern. Diese Düfte, diese Gaumenfreuden, diese Panoramen! Ich bewahre sie in meinem Herzen.

Wir Kalabresen gesellen zum Namen unserer Heimat, oft in subtiler Selbstironie, das Wort *Saudi*: *Saudi Kalabrien*. Wir tun es den Carabinieri gleich, die sich auf die Schippe nehmen, indem sie Witze über sich selbst erfinden.

Nun, vielleicht ist es etwas übertrieben zu sagen, dass sie sie selbst erfinden, da sie ja nicht als besonders schlau gelten, wie dieser Witz erzählt… warum gehen Carabinieri immer zu zweit herum? Weil einer lesen kann und der andere… gut, der ist altbekannt.

Aber auch sie haben gelernt, sich nicht zu sehr zu giften, wenn man sie zum Narren hält - die Carabinieri, nicht die Kalabresen, die sind seit jeher Gott weiß wie überempfindlich. Wenn man einen Carabiniere in zivil in einer Bar antrifft, kann man ihm sogar den alten Witz vom gehörnten Maresciallo erzählen und er wird lachen – wenn er den Witz versteht. Aber er wird sicher nicht mehr wütend und wird einen nicht wegen Amtsbeleidigung anzeigen. Er wird die Kröte schlucken, vielleicht kostet ihn das viel Mühe, aber er schluckt sie.

Auch wir Kalabresen haben gelernt, uns nicht allzu ernst zu nehmen, alles etwas weniger dramatisch darzustellen. So sagen wir, dass wir aus *Saudi Kalabrien* sind, um etwas sympathischer zu wirken, nicht so hart, weniger anmaßend oder mafiös. Und wenn wir Saudi sagen, ist das keine Beleidigung des Scheichs oder gegenüber Mekka, es soll nur ausdrücken, dass man südlicher als hier nicht gehen kann, wir sind am unteren Ende Europas und unsere Grenzen sind uns bewusst, ebenso unsere Unzulänglichkeiten als Südländer und wie weit wir zurückgeblieben sind. Und das ist, offen gestanden, nicht nur die Schuld der Piemontesen, die uns das Wenige, das wir noch hatten, genommen haben.

Es ist nicht einfach, nach Saudi Kalabrien zu kommen oder es zu verlassen. Ganz zu schweigen von der Autobahn von Salerno nach Reggio Calabria, sie wird seit 1965 gebaut und die Bauarbeiten werden erst enden, wenn ein Erdbeben die Spitze Italiens vom Rest des Stiefels trennt und damit alles überflüssig macht. Im Übrigen dient dieser bereits fertiggestellte Teilabschnitt bei Salerno nur dazu, unsere 'Ndrangheta mit der Camorra der Nachbarregion Kampanien zu verbinden. Unten im Süden stehen sich die Fronten gegenüber, Skylla und Charybdis, die Meeresenge von Messina. Man wollte uns eine

Brücke bauen, aber dann bemerkten beide Seiten, dass es weder Straßen, noch Gleise gab, ein Weg ins Nichts. Was sollte da eine Brücke zwischen der sizilianischen Mafia und der kalabrischen 'Ndrangheta?

Um die andere Seite, zum Ionischen Meer hin, ist es besser bestellt... die Staatstraße 113 vereint unsere 'Ndrangheta mit der Sacra Corona Unita von Apulien und der Basilikata, wo es eine kleinere, jedoch nicht minder gefährliche Mafia gibt, die Wassermafia.

Auch deshalb ist Kalabrien ein Saudi Kalabrien, denn es ist versperrt worauf die lautmalerische Bezeichnung 'Ndrangheta hinweist, das steht für Absperrung, wie ein mächtiger Riegel, der eine Tür *'ndranghete*, absperrt.

Und trotzdem fehlt mir meine Heimat so sehr... mit ihren Düften und Gerüchen, mit ihren Sonnenuntergängen! Gewiss, die Leute... auch sie sind sehr speziell, das muss ich zugeben! Was ich alles erlebt habe! Ich werde nie vergessen, was damals vorfiel, als ich mit Giacomino wegen einer Kontrolluntersuchung zum Kinderarzt fuhr... Es gab dichten Verkehr, dadurch verlor ich Zeit. Ein Mofa war an der Kolonne vor der Ampel vorbeigefahren und hatte dabei den Seitenspiegel eines Wagens gestreift. Daraus entstand ein Streit mit dem Fahrzeugführer, der zwar keinen Schaden erlitten hatte, aber durchaus wollte, dass sich der Junge höflich entschuldigte. Aber der antwortete ihm:

"Es ist mir scheißegal, wer du bist, selbst wenn du Mammasantissima, der Mafiaboss persönlich wärst, ich habe dir nichts getan, also werde ich mich einen Dreck bei dir entschuldigen."

Es fielen böse Worte und Drohungen.

Was mich aber am allermeisten irritierte war, dass Giacomino sich von diesem unzivilisierten Spektakel nicht erschrecken ließ und sagte:

"Mama, der ist wie Papa, der lässt sich auch nichts befehlen."

"Giacomino, untersteh' dich!", rief ich ärgerlich.

Aber er hatte sich doch nur spontan geäußert, als ob er der Wahrheit auf den Grund gekommen wäre. Bei mir aber dachte ich: es stimmt, auch Rocco verfolgt seinen Weg und will sich bei niemandem entschuldigen, tritt anderen auf die Füße und versteht nicht, dass man immer jemanden braucht, der einem den Rücken deckt, wenn man den Mund auftut. Warum sollte sich der Leitfisch sonst unter den Bauch des Hais verstecken?

Das Ganze hatte zur Folge, dass ich die Kinderarztpraxis mit einer halben Stunde Verspätung erreichte. Vor mir warteten bereits vier Mütter. Die vereinbarte Zeit für meinen Termin war leider schon um und es blieb mir nichts Anderes übrig als zu warten.

Giacomino schnaubte, denn unser Kinderarzt, Dr. Sermonti, ist noch vom alten Schlag und will nicht, dass seine kleinen Patienten während der Wartezeit fernsehen.

"Gebt ihnen kein elektronisches Spielzeug, erzählt ihnen Märchen und kleine Geschichten!", empfahl er uns immer.

Auf dem Beistelltischchen lagen nur ein paar Kinder- und Jugendbücher, darunter mein Lieblingsroman, *Die Schatzinsel*. Als Kind las ich das Buch abschnittsweise in eben dieser Praxis, denn Dr. Sermonti war schon damals mein Kinderarzt. Und jedes Mal, wenn ich wegen Giacomino hier bin, sehe ich gleich nach, ob *Die Schatzinsel* in der illustrierten Ausgabe von 1975, die ich damals las, noch da ist. Irgendwo muss darin sogar noch ein kleiner Blutfleck von mir sein, da es mir plötzlich aus der Nase schoss, als ich wegen Nasenbluten hierherkommen musste…

Jahr für Jahr dasselbe Buch vorzufinden, gibt mir ein Gefühl von Sicherheit, ich fühle mich in diesen vier weißen Wänden geborgen, wo die sieben oder acht Sessel an der Wand stehen, mit dem Bambustischchen in der Mitte

Giacomino hingegen liest nie, es sei denn, er muss es für die Hausaufgaben tun. Er verbringt viele Stunden vor dem Fernseher, auch wenn ich versuche, ihn abzulenken und Alternativen zu bieten. Ich habe ihn auch für einen Schwimmkurs angemeldet, weil Rocco unbedingt mit ihm ans Meer wollte, um ihm die Seesterne auf dem Meeresgrund zu zeigen. Seesterne sind Roccos Leidenschaft, aber er hat ja nie Zeit dafür und so bleibt dem armen Giacomino lediglich die Einsamkeit und Stille unter Wasser in einem Schwimmbecken, wo sein kleiner Körper wild um sich schlägt.

"Komm, lies doch ein Buch!" fordere ich ihn auf.

"Uff, ich mag nicht!", lautet seine Reaktion. Mürrisch stützt er das Kinn auf die Fäuste und wirkt wie ein frustriertes Bärchen.

"Komm, du machst Dr. Sermonti eine Freude, wenn er sieht, dass du *Die Schatzinsel* liest wie deine Mutter als sie klein war!"

Widerwillig steht er auf, nimmt das Buch und schlägt eine Seite auf, aber nur mir zuliebe, ich sehe ja, dass seine Augen nur eine Zeile anstarren, seine Gedanken sind bei Fernsehgeschichten oder Figuren aus Videospielen.

Dr. Sermonti, eine wahre Persönlichkeit! Mit seinem weißen Spitzbart könnte er der gealterte Musketier Artagnan sein. Mir ist, als kannte ich ihn seit jeher nur in seinem grün- rot karierten Flanellhemd unter seiner aufgeknöpften weißen Schürze. Manchmal frage ich mich, ob das bereits seine zweite Haut geworden ist, die er sich tätowieren ließ, damit er nie die Kleidung wechseln muss. In ihm sehe ich eine Art Nembo Kid, selbstverständlich mit Bäuchlein!

Als Kind war es für mich immer, ich will nicht sagen ein Fest, aber sicher ein Ereignis, wenn ich wegen einer Untersuchung zu Dr. Sermonti musste. Es war beinah eine Familienangelegenheit, *die Kleine zum Arzt zu bringen*. Alles wurde bereits zwei Stunden zuvor in die Wege geleitet, denn ich musste gebadet und fein gekleidet werden wie eine kleine Dame und danach — das war ein Versprechen, das mich überzeugen sollte, mich gut zu benehmen - gab es ein Eis. Ich freute mich auf das Eis, aber es wäre nicht nötig gewesen mich zu überzeugen, mich wohlerzogen zu verhalten, denn Dr. Sermonti war immer bereit zu scherzen, ein Lutschbonbon aus seiner geschlossenen Faust zu zaubern, obwohl ich glaubte, dass sie leer war oder er kitzelte mich auf den Fusssohlen. Für mich war er wie die Inkarnation eines Schutzheiligen, denn er lächelte wie einer der Schutzengel, die ich an den Kirchenwänden sah, als ich mit in die Messe durfte. Seine anerkennenden Ausrufe, wenn er mich abmaß und die Ergebnisse in meine Wachstumstabelle eintrug, vermittelten mir immer das angenehme Gefühl, dass ich irgendwie meiner Pflicht gut nachkam, da ich ja kräftig gewachsen und gesund war. Dann legte er die Finger auf meinen Rücken und klopfte mit dem Knöchel. Dabei rief er vergnügt:

"Ist wer zuhause?" und ich musste lachen während er mich kitzelte und murmelte: "Halt still, sonst schlägt dein Herzchen zu schnell und läuft wie eine verängstigte Maus davon!"

Dann nahm er den kleinen Hammer, um unter mein Knie zu schlagen… Beim ersten Mal musste ich weinen, weil ich dachte, dass er mir weh tun würde, aber als ich sah, dass mein Bein ohne mein Zutun wie eine Feder in die Höhe schnellte und mir war, als hätte er mit diesem leichten Schlag etwas zu plötzlichem Leben erweckt, da verwandelte sich mein Weinen in helles Lachen. Wie lieb ich doch Dr. Sermonti hatte! Er war für mich wie ein gütiger Groß-vater... und wie sehr er sich freute, als ich den wenige Tage alten Giacomino zu ihm brachte. Als er mich mit dem Kinderwagen sah, verbreiterte sich sein Gesicht zu einem freudigen Lächeln, denn in der Generationenabfolge, die sich in seiner Praxis spiegelte, sah er den Beweis, dass das sich vermehrende Leben über den Tod trium-phiert. Und das wiederum gab seinem Leben einen Sinn...

Leider ist er vor kurzem von uns gegangen, der liebe, gute Dr. Sermonti. Angeblich durch einen Verkehrsunfall. Es heißt, dass er alt war und dass er nicht mehr hätte fahren sollen, denn nachts übersah er eine Kurve, er wurde wohl von Fernlichtern geblendet. Ich weiß nicht, wie es war, ich weiß nur, dass er mir sehr fehlt... Verzeihen Sie, ich muss mich schnäuzen.

Danke, jetzt geht es wieder...

An jenem Nachmittag, als Giacomino vorgab zu lesen, kam Dr. Sermonti in den Warte-raum und gab mir mit einer Geste zu verstehen, noch etwas Geduld zu haben, denn es sollte noch eine weitere halbe Stunde dauern, bis alle, die vor mir waren, drangekommen wären. Giacomino schöpfte einen Verdacht.

"Mama, kennst du den Arzt wirklich schon seitdem du ein Kind warst?"

"Ja sicher, Giacomino, warum fragst du?"

"Aber, aber…, wenn du ihn kennst und er dein Freund ist, warum lässt er dich nicht vor und lässt die anderen warten?"

Für mich brach eine Welt zusammen. Wie war das möglich? Nach all unseren erzieherischen Bemühungen um zivilisiertes Benehmen und gegenseitigem Respekt, dachte Giacomino - wir hatten ihn nach Giacomo Matteotti benannt, den mein Mann wegen seines legendären Mutes und seiner Rechtschaffenheit bewunderte - ausgerechnet Giacomino dachte, man könne die anderen Wartenden überspringen, weil man jemandes Freund ist… Das bedeutet, dass uns die mafiöse Mentalität der Umgebung bereits von Geburt an prägt und stärker ist, als all die guten Absichten Einzelner.

Ich musste hilflos die Arme fallen lassen: ausgerechnet mein Sohn machte mir klar, wie es um die Dinge in Wirklichkeit bestellt war, und dass unsere Hoffnungen auf eine zivilisiertere Zukunft nur Träume von armen Irren waren, nichts anderes als Illusionen, die sich bereits beim ersten Kontakt zur Außenwelt in Luft auflösen mussten.

Das alles sagte ich Rocco noch am selben Abend.

"Kannst du mir sagen, was wir falsch gemacht haben?", fragte er zerknirscht.

"Wir sollen etwas falsch gemacht haben? Glaub mir, wenn es mir gelungen wäre, mich vorzudrängen, hätte keiner der Wartenden auch nur geseufzt… und weißt du warum? Weil es hierzulande ganz normal ist, sich nicht anzustellen, sondern gleich an der Reihe zu sein, wenn man jemanden kennt. Und niemand protestiert laut und das hat den einfachen Grund, dass morgen, irgendwo anders, eben die, die heute Opfer waren, diejenigen sein werden, die ihrerseits andere übergehen, weil sie einen Vorzug erbeten haben, einen Gefallen, eine kleine Hilfe, eine Empfehlung oder… den Schutz durch die Mafia. Rocco senkte den Kopf.

"Rosa, du hast recht! Unsere Gesetze sind unbegreiflich, wir haben ein verfilztes bürokratisches System… um die Zünfte zu schützen, die

Lobbies, die vornehmen Häuser, die Freimaurerlogen, dieses System lässt Gefälligkeiten aus Rom zu, um vom Kuchen etwas abzubekommen… wir haben ein System, das weitreichende Absprachen ermöglicht, zwischen Cliquen, Banden, Clans, Kasten… Mafia! Wir sind alle Schuldtragende! Weißt du, was Pier Paolo Pasolini sagte? *Stürze Italien, rette die Welt,* das hat er gesagt."

Kapitel 3.

R occo, ach ja, Rocco, das war mir vielleicht einer! Manchmal frage ich mich immer noch, was er Besonderes an mir gefunden hat. Ich bin nicht reich, habe nicht studiert und selbst wenn mir der Gedanke weh tut: er hätte viel genialere, faszinierendere Frauen als mich finden können, aber als ich ihm das sagte, konnte er darüber nur lachen.

"Du bist ein Dummerchen!", sagte er und drückte mich an sich, "denn du bist für mich..." und er sprach nicht weiter. Er hat mir nie gesagt, was er in mir sah, aber ich verstand, dass er sich in mir spiegelte, in mir fand er sich selbst, in seiner Reinheit, seiner Klarheit, seiner Unschuld und auch in seinem Mut. Oft erzählte er mir von seiner Kindheit. Als seine Eltern fragten:

"Was willst du werden, wenn du groß bist?", antwortete ihnen mein Rocco: Taucher, und alle wunderten sich. "Warum willst du ausgerechnet Taucher werden?"

"Weil ich den Meeresgrund durch das glasklare Wasser sehen will!", sagte Rocco mit weitaufgerissenen Augen eines staunenden

Kindes, das er im Inneren immer geblieben ist.

Und sein Onkel sagte lachend zu seinem Vater:

"He, ich kaufe deinem Sohn ein Salzwasseraquarium, damit er sich das mit dem Tauchen aus dem Kopf schlägt, und an etwas Ordentliches denkt! Er könnte ja Fußballer werden und einen Haufen Kohle verdienen."

"Aber", lehnte sich mein Rocco auf, "ich mag dieses Geld nicht!"

"Und warum nicht?"

"Weil ich es nicht brauche, ich will nur den Meeresboden sehen, mehr nicht. Und das Meer kostet nichts, es ist groß genug und frei für alle."

Daraufhin lief er aus dem Haus, hinunter zum Strand, setzte sich die Taucherbrille auf und tauchte ins Meer, das ihn wie eine Kristallkugel umschloss. Als er heranwuchs, fiel ihm auf, dass das Wasser immer trüber wurde. Er fand Blechdosen und Abfallreste auf dem Meeresgrund und im Wasser schwebten alte Plastiktüten. Er hörte, wie man seinem Vater zuflüsterte, dass die Firma, die für die Gemeinde den Müll einsammelt, den Abfall aus Kostengründen ins Meer kippt, anstatt ihn auf die Deponie zu bringen.

"Ich zeige sie an!", hörte er seinen Vater

ausrufen, dabei erlebte er ihn zum ersten Mal stinksauer. Das war verständlich, denn Roccos Vater verdiente am Tourismus. Er hatte ein kleines Boot, auf dem er den Feriengästen Bootsausflüge entlang der Küste anbot. Aber wer wollte unter diesen Bedingungen schon einen Bootsausflug machen? Bei dem stinkenden Wasser voller Müll? Roccos Vater erstattete Anzeige, aber… eines Abends kam er nicht mehr nach Hause, das Meer war stürmisch gewesen und die Carabinieri sagten, dass ihn wahrscheinlich eine außergewöhnlich hohe Welle fortgespült habe, aber Rocco hat die Geschichte von der außergewöhnlich hohen Welle nie geglaubt, so wie ich die Geschichte vom Verkehrsunfall des Dr. Sermonti nie geglaubt habe.

Rocco war noch ein kleiner Naseweis, als er schon damit anfing, auf eigene Faust nachzuforschen, nachzufragen, soviel ein Junge eben erfragen und den anderen damit auf die Nerven gehen kann. Dafür bekam er die eine oder andere Ohrfeige, aber er kam auf keinen grünen Zweig. Nur der Klassenlehrer, der nicht weiter mit den Dorfangelegenheiten befasst war, weil er aus dem Norden kam und sehr bald wieder dorthin zurückkehren sollte, riet ihm, niemals locker zu lassen, den Dingen auf den Grund zu gehen und immerzu nach der Wahrheit zu suchen, die wie ein Seestern auf dem Meeresgrund liegt. Dieser Leitsatz bestimmte sein Leben. Von nun an war sein Durst nach Gerechtigkeit und Wahrheit nicht mehr zu stillen.

Daher hatte sich mein Rocco von Jungend an in den Kopf gesetzt, unter diesen Prämissen Journalist zu werden und bereits als er begann, für Schülerzeitungen zu schreiben, geschah dies, um die Wahrheit ans Licht zu bringen. Er war bereit, sich die Füße wund zu laufen und sich in den Gassen zu verirren, wenn er sich nach laut-gewordenen Stimmen umhörte. Eines war sicher: er hätte vor keinem Risiko Halt gemacht - mein ewig unschuldiges, großes Kind - wenn es darum ging, seine Pflicht als wahrheitssuchender An-kläger zu erfüllen.

Doch anstelle wilder Verfolgungsjagden, Überwachungen, Bekenntnissen, Konfrontationen und Untersuchungen von Beweisen, fand er sich hinter einem kleinen Schreibtisch wieder, auf dem nichts anderes als ein verdammtes Telefon Platz hatte, das nie klingeln wollte. Ach, sie haben ihn zu einer grauen Redaktionsmaus gemacht! Seine Aufgabe bestand darin, dem Chefredakteur vorgefertigte Meldungen der Nachrichtenagentur vorzulegen, die für unser kleines Provinzblatt interessant sein könnten. Natürlich gab es einen lokalen Boss, der das Blatt sponserte. Rocco musste lediglich die Nachrichten zusammensuchen, kopieren und aufkleben, manchmal fügte er kleine Anmerkungen hinzu, wenn es einen lokalen oder volkstümlichen Bezug gab. Vielleicht hatte er zu viele amerikanische Filme gesehen, in denen der Beruf des Journalisten ganz anders aussah. Erinnern Sie sich an den Film: *"Die Maske runter!"*, in dem Humphrey Bogart am Ende sagt: "Hörst du dieses Rattern? Es ist die Presse, mein Junge!" Damit endet die Karriere eines korrupten Politikers, den ein mutiger Journalist auf die Titelseite brachte. Tja, er muss tatsächlich zu viele Filme gesehen haben, denn der Arme konnte sich in dem, was er machte, überhaupt nicht wiedererkennen. Er war traurig und geknickt, lief immer mit gesenktem Kopf herum wie ein Lamm, für das die Osterfeiertage herannahen. Er regte sich auf und fluchte viel… insbesondere das Wort Scheiße wiederholte er andauernd in einem Tonfall, als wolle er die Erzengel vom Himmel herunterfluchen.

"Rocco! Du weißt, dass ich dich liebhabe

und alles gutheiße, was du tust oder nicht tust, vielleicht ist es aber sogar sicherer, wenn du einfach still und ruhig bleiben willst. ''

"Ach, wenn dir alles recht ist, macht es dir also nichts aus, wenn ich mich wie ein Feigling hinter dem Schreibtisch verschanze und zu Tode langweile?''

Ich weiß, dass er es nicht an mir auslassen wollte und er wollte mir auch nicht die Schuld dafür geben, aber Giacomino und ich waren unbestreitbar der Grund für seine Ängste, seine Ungewissheit. Er befürchtete, uns einer Gefahr auszusetzen. Und so erfüllte er fluchend seine Aufaben, fand alles Scheiße, verfluchte den Erzengel Michael, den Schutzpatron der 'Ndrangheta…

Rocco aber verstand nicht, was es für mich bedeutete, wenn er sich zurückhielt, seinen Drang nach Wahrheitssuche unterdrückte, seinen Wunsch bändigte, die Welt zu verändern, wenn nicht gar aus den Angeln zu heben, sich mit beiden Händen die Ohren zuzuhalten, um nicht laut zu schreien. Das alles empfand ich als mutigen Alltagsakt seinerseits, nicht so sehr meinetwegen, sondern hauptsächlich wegen Giacomino, denn es war ja nicht die Schuld unseres Kindes, dass es in so eine widerliche Dreckswelt hineingeboren wurde.

"Rocco!" forderte ich ihn heraus, denn das erwartete er von mir, seiner kalabrischen Löwin, dass ich ihm Mut machte und die Kraft gab, seinen Trägheitszustand zu überwinden, in den wir, seine Familie, ihn zwangen, um uns zu schützen. "Wenn du kein Feigling mehr sein willst, brauchst du es deinem Chef nur ins Gesicht zu sagen, Hauptsache, du isst dein Abendbrot nicht niedergeschlagen wie ein Feigling, denn die Pein, die du mir damit zufügst, ist größer als die eines geprügelten Hundes."

An jenem Abend aß er mit großem Appetit. Sonst stocherte er immer mit der Gabel im Essen herum, für ihn war das Essen nur eine Notwendigkeit, um durch den nächsten Tag zu kommen. An dem Abend bat er sogar um einen zweiten Portion Nudeln, die ich, als tüchtige Süditalienerin, stets großzügig bemessen zubereite: ich nehme 150g Nudeln pro Kopf, denn sollte etwas davon übrigbleiben, kann man sie am nächsten Tag mit einem verquirlten Ei in der Pfanne aufwärmen und Maccheroni mit Fleisch- soße schmecken dann sogar besser als am Tag davor.

Am nächsten Morgen wachte ich allein im Bett auf. Giacomino schlief noch, denn musste er nicht zur Schule, weil die Lehrerschaft streikte. Rocco war bereits außer Haus, er hatte sich einen Kaffee gemacht und war hinausgeschlichen wie eine Katze, ohne den geringsten Lärm zu verursachen. Er wird wohl tatsächlich ein Wort mit seinen Vorgesetzten reden. Als mir dieser Gedanke in den Sinn kam, war mir, als verdunkelte ein plötzlicher Windstoß den Himmel. Ein Schauder lief mir über den Rücken, ich hatte den ganzen Vormittag das Gefühl, eine zweite Haut zu haben, eine Gänsehaut. Aber als ich ihn zum Essen heimkommen sah - ich hatte frittierten Fisch für ihn zubereitet und hatte noch Mehl an den Händen — verstand ich sofort, was los war, dass er gegen Wände gelaufen und abgeprallt war. Die Antwort auf seinen professionellen Anspruch, auf Recherchen in eigener Sache war immer dieselbe.

"He, Kollege, beziehst du dein Gehalt am Monatsende? Nun denn, darf man wissen, was dich reitet?"

Sie machten sich sogar über ihn lustig.

"Wenn du schon Staub aufwirbeln willst, warum bist du dann nicht Bulle geworden? Nun komm schon, lass es bleiben!"

Auf solche Sticheleien reagierte er so starrköpfig wie es nur ein Idealist mit Zivilcourage kann, wenn man ihn an seiner empfindlichsten Stelle trifft.

"Du Schwachkopf, - antwortete Rocco - weißt du eigentlich, dass man wenige Kilometer neben deinem Wohnort in einem Brunnen einige Behälter mit Nervengas gefunden hat? Du hättest draufgehen können, deine Familie, deine Eltern, halb Kalabrien hätte draufgehen können!"

Er fing an, ihnen Angst und Schrecken einzujagen, nicht so sehr wegen des Nervengases, das die russische Mafia im Tauschhandel für Drogen lieferte, sondern vielmehr wegen seiner Hartnäckigkeit, wegen seines Starrsinns, den sie für gefährlicher hielten als das Nervengas.

"Wegen diesem Arschloch verlieren wir noch unsere Arbeitsplätze!"

Eines Tages bedachten sie ihn daher mit einem Spottnamen *'u Tragediatturi*, (der Dramatisierer), womit ein Mensch bezeichnet wird, der immer zu viel des Aufhebens macht, der sich nie zufriedengibt, der unerschrocken, dreist und ein wenig theatralisch seinen Dissens zum Ausdruck bringt. Klarerweise muss dies ein Mensch sein, der

übertreibt. Sie wollten ihm durch diesen Über-
namen mitteilen, dass alles, was er sagte, übertrieben war.

"Du redest immer nur von der Mafia und
der 'Ndrangheta, - minimisierte der Chefredaktor -
aber Cosa Nostra ist weit weg und die kalabrische
'Ndrangheta kann man vernachlässigen, es geht
vielleicht um lokale Angelegenheiten, Rivalitäten,
die man nach dem althergebrachten Ehrenkodex
löst, das stellt keine Gefahr für die Nation dar.
Wen kümmern schon vier Ndrine (Mitglieder der
Ndrangheta), die wegen eines Stücks Land
aufeinander schießen…"

"Aber bisher hat niemand in Betracht
gezogen, - empörte sich Rocco - dass dieses Stück
Land, wegen dem vier 'Ndrine[1] aufeinander
schiessen, nicht nur irgendein Stück Land ist,
sondern ein Baugrund für ein milliardenschweres,
durch den Staat und die EU gefördertes Projekt,
das nun zur Ausschreibung steht".

Nur um keine Missverständnisse auf-
kommen zu lassen, Rocco schätzte seine Kollegen
und machte mir gegenüber nie Andeutungen, dass
seine Kollegen der Mafia freundlich gesinnt oder

---

[1] Die Struktur der 'Ndrangheta funktioniert mit einem Netz von
kleinen territorialen Familienzellen genannt 'Ndrine.

gar Komplizen wären. Was er damit sagen wollte war lediglich, dass sie den Dingen aus Nachlässigkeit und Oberflächlichkeit nicht immer auf den Grund gingen und wenn doch, liefen sie Gefahr, wie De Mauro und Giuseppe Fava zu enden, nämlich tot, erschlagen wie räudige Hunde.

Nun, Rocco musste im Laufe seiner Redaktionsjahre mit ansehen, wie sich die kalabrische Mafia übermäßig ausbreitete, sich auch auf andere Regionen Italiens erstreckte und sich in Deutschland und Südamerika einnistete. Dass er darüber nur in beschränktem Maße schreiben konnte, machte ihn wütend, aber schließlich hatte auch er nicht den Mut, zu sehr darauf zu bestehen. Außerdem hatte er eine Familie, eine Ehefrau und Giacomino. Hätte er sich denn zu weit aus dem Fenster lehnen dürfen? Wenn es nur ihn treffen würde dafür zu büßen, wäre er durchs Feuer gegangen.

An Mut hat es ihm nie gemangelt. Aber Mut allein reicht nicht, es braucht zusätzlich etwas, das einem zur Handlung, zum Kampf antreibt, insbesondere, wenn es um die Familie geht. Irgendetwas oder irgendwen braucht es immer, der einen unterstützt und ermuntert, den ersten Schritt zu wagen, selbst wenn man dabei direkt auf den Lauf einer Kalaschnikow zugeht, sobald man beginnt, mit seinen Zeitungsartikeln den anderen auf die Eier zu gehen.

Kapitel 4.

B einah hätte er resigniert ein Leben voller Halbwahrheiten hingenommen und in beschämender beruflicher Trägheit zu allem, was die Mafia betrifft, geschwiegen oder es unterlassen, mehr darüber zu berichten, bis ihn die Enthüllungen eines Pentito, eines Geständigen, aufhorchen ließen. Ich beziehe mich auf die Enthüllungen über die Schiffe, die sowohl giftigen Abfall als auch radioaktiven Müll geladen hatten. Letzteres wurde von den Mafiosi im Meer vor der Küste Kalabriens versenkt und für diese Entsorgung wurden hohe Beträge aus öffentlicher Hand kassiert. Er verstand, dass dieses Schweigen, eben dieses Schweigen aus Solidarität, unser Todesurteil war. Wir wären so oder so gestorben, vielleicht nicht unter dem Blei der Pistolenkugeln, aber wegen der radioaktiven Strahlung aus dem Uran haltigen Müll.

Er ging in der Folge zum Chefredakteur, um Klartext mit ihm zu reden.

"Das ist keine Kleinigkeit, mein Lieber! In diesem Dreckmeer baden auch deine Kinder. Diese fiesen Schweine sind dabei, unser Meer zu vergiften, da geht es um sehr viel mehr als um einen Ehrenkodex und Familienangelegenheiten unter vier 'Ndrine! Diese Leute haben keine Ehre. Sie ziehen ganz Kalabrien in den Schmutz, nicht nur moralisch oder wirtschaftlich, nein, sie überschütten uns auch noch mit giftigem Schlamm! Sie scheren sich nicht um das Land oder die Traditionen, für sie sind wir wie Schlachtvieh. Da können wir ja gleich auf die Straße gehen und uns eine Zielscheibe um den Hals hängen mit der Aufforderung: bringt uns alle um!."

Dieser Wutausbruch, in dem der Groll von fünfzehn harten Redaktionsjahren steckte, während denen sich viel beruflicher und moralischer Frust aufgestaut hatte, was Rocco bis dahin ohne Widerrede hinnehmen musste, dieser Wutausbruch zeigte Wirkung und blieb nicht ohne Folgen. Dem *'u Tragediatturi*, ihm, der gern dick auftrug, meinen armen Rocco, betrauten sie mit der Aufgabe zu recherchieren, vorausgesetzt jedoch, dass er nur *wahre Wahrheiten* schreibe. Dieser Pleonasmus, dessen wurde er sich erst später bewusst, verbarg die eigentliche Falle. Die Wahrheit kann nicht wahr sein, sie ist es, Punkt! Das Eigenartige an dieser offenbar leichtfertig dahingeworfenen Ausdrucksweise schien ihm nicht gleich verdächtig, denn er war angesichts der Wende, die sein Berufsleben nun endlich genommen hatte, viel zu aufgeregt, aber er musste später damit zurechtkommen, als es im Verlaufe der Recherche zu einem Gespräch unter vier Augen mit einer seltsamen Persönlichkeit kam, einem dickwanstigen Boss, den sie Dino Sauro nannten, weil er so dickhäutig war und die Gewieftheit hatte, achtmal einem Attentat entgangen zu sein. Bestimmt hatte er mehr Leben als eine Katze, die bekanntlich sieben hat und außerdem war er durchtriebener als der Teufel selbst, dem ja keine List fremd ist.

Er wusste auch, dass die Wahrheit immer einen persönlichen Bezug hat, wie er betonte, je nach dem, wer sie ausspricht, weshalb und wann sie ausgesprochen wird. Es gibt keine Wahrheit an und für sich, sie existiert nur in Funktion ihrer Nützlichkeit, je nach dem, wie wichtig sie für die jeweilige Person ist.

"Der Autor eines Artikels - sagte ihm Rocco - darf Sorgfaltsbeweise nicht vernachlässigen, damit jeder Zweifel und jede Ungewissheit angesichts der objektiven Wahrheit der dargestellten Fakten aus dem Weg geräumt werden können.

"Objektive Wahrheit der dargestellten Fakten?" fragte ihm Dino Sauro lachend.

"So will es der Gesetzgeber."

"Aber erzählte Fakten sind immer subjektiv, nicht mehr wahre Fakten, und eine subjektive Wahrheit ist auch eine halbe Lüge."

"Und wer sagt das! - empört sich Rocco. - Sie haben ja immer schon gelogen! Gegenüber den Ermittlern, Opfern, Freunden, ihrem Anwalt und sogar Ihnen selbst gegenüber."

"Was ist daran so seltsam? - widersprach der Boss. - Meine Wahrheit heißt gerade deshalb Lüge, weil sie eben von mir kommt. Wäre sie objektiv, beweisbar, nun, dann wäre sie wahr, auch wenn sie falsch ist. Kannst du mir folgen? Nein? Gott im Himmel! Ich bin ein unschuldiger Mörder. Unschuldig bin ich, weil ich mit der Geschichte von diesem Richter, der samt Leibwachen in die Luft geflogen ist, nichts zu tun habe... das ist Geheimdienstsache! Aber Mörder? Ja! Zwölf habe ich erhängt, mit meinen eigenen Händen... Verurteilt wurde ich wegen eines einzigen Mordes, mit dem ich nichts zu tun habe. Ich gestand: - den Sprengsatz habe ich unter die Brücke gelegt, nehmt mich fest, ich bin bereit! - Warum? Verstehst du es wirklich nicht? Das war eine Lüge oder eine falsche Wahrheit, die allen entgegenkam: den Banden, den Parteien, der Polizei und im übrigen auch mir, denn auf diese Weise hatte ich von Allen einen Gefallen gut. Und wie viele Jahre Haft hat mich dieser Gefallen gekostet?... Viele! Aber hier geht es mir doch gut, das Essen ist akzeptabel und dann kommt ab und zu so ein Eiertreter wie du vorbei und stellt Fragen und unterhält mich."

Kapitel 5.

Aus Roccos Notizbuch.

G iuseppe Morabito, gennant Dino Sauro, kam in Casalinuovo, in Landesinnern von Africo zur Welt. Das kleine, in den Hängen des Aspromonte gelegene Nest musste aufgrund der schweren Überschwemmungen des Jahres 1951 evakuiert werden, da die geologischen Verhältnisse zu unsicher wurden. Die Bewohner wurden nach Africo am Meer umgesiedelt und sie, die bis dahin die Landschaft des Aspromonte bewohnt hatten, befanden sich plötzlich am Ionischen Meer, wo Neu-Africo errichtet worden war. Die Menschen fühlten sich entwurzelt, waren sie doch ihrer Gebirgswelt fern, wo sie als Hirtenvolk gelebt hatten, doch nun mussten sie ihre Existenzgrundlage von Grund auf neu erfinden.

Aus diesem Zusammenhang heraus wird Giuseppe Morabito sehr bald eine einflussreiche Gestalt innerhalb der 'Ndrangheta. Er wittert Profitmöglichkeiten im internationalen Drogenhandel. Weit draußen im Meer vor Africo werfen große Schiffe an Rettungsreifen gebundene Pakete mit Drogen ins Meer, kleinere Boote sammeln sie ein und bringen sie an Land. Morabito initiiert geschickt Entführungen, um sich Geld zu verschaffen, mit dem er Drogen kauft. Er erfindet neue Methoden der Geldwäsche. Auf diese Weise wird er bis zu seiner Gefangennahme einer der mächtigsten Männer der 'Ndrangheta.

Das ist Roccos letzter Zeitungsartikel. Ich habe ihn wiederholt gelesen, bestimmt tausend Mal. Er schrieb diesen Artikel auf dem Esstisch in der Küche, wo er wie gebannt über seinem Laptop hing und tippte. Zum Schluss rief er mich und las mir den Artikel laut vor. Er deklamierte wie ein Volkstribun. Ich hörte zu und zitterte vor Angst, als ich hörte, was er alles behauptete, während er sich immer mehr hineinsteigerte und sich ereiferte wie ein Staatsanwalt bei einem Schlussplädoyer.

Kapitel 6.

D anach geschah alles ganz plötzlich wie in den Alpträumen meiner Kindheit, als Szylla, das Ungeheuer mit den Hundsköpfen vor mir auftauche und blutrünstig knurrte.

Ich war daheim und bügelte. Ich hörte es knallen und es hörte sich an wie hintereinander angezündete Knallerbsen, ich musste an Giacomino denken, der unten auf der Straße mit seinen Freunden spielte. Ich schaute hinunter und rief:

"Giacomino, pass mit diesen verfluchten Dingern auf, die die Chinesen herstellen, sie können dir in der Hand explodieren! "

Aber Giacomino antwortete aus seinem Zimmer:

"Mamma, ich bin hier, ich mache die Hausaufgaben. "

Da hatte ich eine Vorahnung. Ich schaute vom Balkon hinunter und sah einen schwarzen Fleck auf der nassen Straße, wo sich die Straßenbeleuchtung spiegelte. Es sah aus wie ein menschlicher Körper, der in unnatürlicher

Position dalag. Ich erkannte Roccos Mantel wieder und sah die Löcher in seinem Rücken, aus denen Blut hervorquoll. Ich habe geschrien, sehr laut geschrien. Giacomino ist zu Tode erschrocken und vielleicht verstand er, oder er hatte die gleiche Vorahnung wie ich. Er musste weinen. Denn ein achtjähriges Kind, das mit der ständigen Angst leben muss, dass sein Vater ermordet werden könnte – das hatte er aus unseren gedämpften Gesprächen bereits herausgehört – braucht nicht viel Fantasie, um zu begreifen, was geschehen ist. Weit und breit war kein Mensch zu sehen, man versteckte sich hinter den Fensterläden und die Geschäftsleute hatten die Sperrgitter heruntergelassen, aber nicht, weil jemand gestorben war, sondern aus Angst. Ich warf mich auf Rocco, nahm ihn in die Arme, versuchte, ihn zu reanimieren, ich küsste ihn, rief ihn beim Namen:

"Rocco, Rocco, das macht nichts, es ist nichts passiert, wir bringen dich jetzt ins Krankenhaus, Hilfe, so helft mir doch!"

Mein Gesicht und meine Hände waren voller Blut. So verging eine kleine Ewigkeit, vielleicht waren es nur Minuten. Dann berührte mich jemand an der Schulter, es war Giacomino, der mir auf die Straße gefolgt war. Auch er weinte. Und niemand kam, um uns zu helfen. Dann hörte ich die Polizeisirenen und ich erinnere mich nur an die Stimme eines Polizisten, der zu mir sagte:

"Kommen Sie, gehen sie bitte weg, es ist nichts mehr zu machen, tun sie es für ihren Sohn."

Und ich machte es für meinen Sohn und mache es noch immer für ihn. Jeden Tag öffne ich zur selben Zeit das Fenster und deklamiere mittlerweile auswendig Roccos letzten Artikel, wegen dem sie ihn für immer stummschalten wollten. Aber Rocco bleibt nicht stumm, er redet und redet durch meinen Mund. Schießt ihr jetzt auch auf mich, schießt ihr? Danach wird Giacomino dran sein und dann jemand anderes bis zum Ende der Zeit, bis zu eurer Verdammung. Sieben Generationen müssen brennen…

Kapitel 7.

Aus Roccos letztem Artikel.

E in ehemaliges Mitglied der Timballo-Bande aus Reggio Calabria mit Vorstrafen wegen Drogenhandels hatte sich der Polizei gestellt und seine Zusammenarbeit den zuständigen Behörden zur Verbrechensbekämpfung angeboten. Der Pentito sagte, er sei in einem Landhaus am Stadtrand von Reggio Calabria in die 'Ndrangeta aufgenommen worden. Er erklärte detailgenau den Ritus der Mafia-Taufe

Den Aussagen des Pentito zufolge wird der Aufbau der 'Ndrangeta symbolisch durch einen Baum des Wissens dargestellt, eine große Eiche, an deren Fuß der Capo Bastone oder Mammasantissima steht, der das Kommando innehat. Den Baumstamm bilden die Sgarristi, sie sind die tragende Säule der 'Ndrangeta. Die Äste werden von den weniger mächtigen Camorristi gebildet. Die Zweige wiederum bilden die Picciotti, die Soldaten der 'Ndrangeta. Die Blätter sind die contrasti onorati, das sind alle, die zwar nicht der 'Ndrangeta angehören, ihr aber gehorchen. Fallende Blätter symbolisieren die Infami, die Überläufer und Verräter, die aufgrund ihrer Schandtaten dem Tod geweiht sind.

Die Aufnahme wird umgangssprachlich als "Taufe" bezeichnet und findet im Allgemeinen in den Räumlichkeiten eines Lokals statt, in diesem Fall war von "Eisen, Feuer und Ketten" die Rede, den Symbolen für den Dolch, den jedes Mitglied besitzt, das Feuer der Kerze, wenn das Heiligenbildchen verbrannt wird und schließlich das Gefängnis, das jedes Mitglied ertragen können muss. Um die Mitgliedschaft zu erwerben, muss man sich noch heutzutage mit einem Nagel oder einer Messerspitze in den Finger oder in den Arm stechen und etwas Blut auf ein Heiligenbildchen tropfen lassen, das den Erzengel Michael darstellt, er ist der Schutzheilige der 'Ndrangheta. Das Heiligenbildchen wird anschließend dem Feuer übergeben, eine aussagekräftige Symbolik, die dazu dient, den Bandenzusammenhalt durch Treue, Respekt und Unterwerfung zu gewährleisten. Die mahnenden Worte des Capo Bastone sind angsteinflößend:

so wie das Feuer dieses Heiligenbildchen verbrennt, werdet ihr brennen, wenn ihr euch eines Verbrechens gegenüber des

Clans schuldig macht.

Im August des Jahres 2007 wurde ein in der Mitte angesengtes Heiligenbildchen vom Erzengel Michael in der Hosentasche eines Opfers gefunden, das beim Blutbad von Duisburg ums Leben gekommen war.

So lautet die sogennante Taufe. Rocco konnte die Einweihung des neuen Mitglieds Peppi Tigna aufnehmen:

Peppi Tignas Mitgliedschaft.

CAPOMAFIA: Guten Abend, weise Kumpanen.
VERSAMMELTE: Guten Abend.
CAPOMAFIA: Seid ihr bereit für die Taufe von Peppi Tigna?
VERSAMMELTE: Wir sind bereit.
CAPOMAFIA: Wir haben uns hier versammelt, um ein neues Mitglied, einen Contrasto Onorato[2], aufzunehmen. Er hat Demut und Tugend an den Tag gelegt. Peppi Tignas Bürge ist Ciccio Marea.
VERSAMMELTE: Gut.

---

[2] Contrasto Onorato: derjenige, der noch nicht *getauft* ist, aber die Eigenschaften hat, um der Organisation beizutreten. Deshalb *onorato.*

CAPOMAFIA: Falls einer der Anwesenden etwas einzuwenden hat, so spreche er jetzt. Oder nie.

VERSAMMELTE: Kein Einwand.

CAPOMAFIA: Bringt den contrasto onorato, das neue Mitglied, herein.

Peppi Tigna tritt ein.

CAPOMAFIA: Wer seid Ihr und was wollt Ihr?

TIGNA: Ich heiße Peppi Tigna und will Blut und Ehre.

CAPOMAFIA: Wer soll bluten?

TIGNA: Die Infami, die Unverschämten.

CAPOMAFIA: Wem soll das zur Ehre gereichen?

TIGNA: Der ehrenwerten Gesellschaft.

CAPOMAFIA: Kennt Ihr unsere Regeln?

TIGNA: Ich kenne sie.

CAPOMAFIA: Das Interesse und die Ehre der Società stehen über der Familie, den Eltern, den Schwestern, den Brüdern. Die Società ist von nun an eure Familie, und falls ihr diese entehrt, werdet ihr mit dem Tod bestraft. In dem Maße, in dem ihr der Socità Treue erweist, wird auch die Società in Treue mit euch verbunden sein und euch in

Notlagen beistehen. Dieser Schwur kann nur durch den Tod aufgehoben werden, seid ihr dazu bereit? Schwört Ihr?

TIGNA: Ich schwöre im Namen des Erzengels Michaelund der ehrenwerten Gesellschaft. Von nun an seid ihr meine Familie. Ich werde ihr immer treu sein und nur der Tod wird mich daran hindern. Ich werde mich an euch wenden, wenn meine Ehre befleckt wird, bei schweren Schicksalsschlägen oder wenn unverschämte Forderungen an mich gestellt werden, die die Gesellschaft entehren. Wenn ich verfehle, werde ich mit dem Tod bestraft.

CAPOMAFIA: Wenn ich Euch noch bis vor kurzem als *Contrasto Onorato* anerkannte, so erkenne ich Euch von nun an als Picciotto d'onore, als ehrenhaften Soldaten an.

Der Neuaufgenommene macht die Runde und gibt dabei jedem Mitglied zwei Küsse auf die Wangen, dem Gesellschaftsoberhaupt - ausschließlich ihm - gibt er drei Küsse.

CAPOMAFIA: Wie ist der Baum der Weisheit aufgebaut?

PICCIOTTO[3]: Er besteht aus fünf Teilen: Wurzelstock, Stamm, Äste, Zweige und Blüten.

---

[3] Picciotto, alias Kerl. So wird der neue Mitglied genannt. Er muss gehorchen und zeigen, dass er die *Taufe* verdient hat.

CAPOMAFIA: Wen stellt der Wurzelstock dar?

PICCIOTTO: Das Gesellschaftsoberhaupt, den Capo Società.

CAPOMAFIA: Wen stellt der Stamm dar?

PICCIOTTO: Den Buchhalter.

CAPOMAFIA: Wen stellen die Äste dar?

PICCIOTTO: Die Camorristi, die Anhänger.

CAPOMAFIA: Wen stellen die Zweige dar?

PICCIOTTO: Die Picciotti, die Soldaten.

CAPOMAFIA: Wen stellen die Blüten dar?

PICCIOTTO: Die jungen Erwählten.

CAPOMAFIA: Verzeiht, mein Freund, aber was passiert, wenn der Wurzelstock ausfällt?

PICCIOTTO: Dann bleibt der Stamm.

CAPOMAFIA: Und wenn der Stamm ausfällt?

PICCIOTTO: Dann bleiben die Zweige.

CAPOMAFIA: Und wenn die Zweige ausfallen?

PICCIOTTO: Dann bleiben die Blüten.

CAPOMAFIA: Und wenn die Blüten ausfallen?

PICCIOTTO: Dann bleiben die Wurzeln.

CAPOMAFIA: Und wenn die Wurzeln ausfallen?

PICCIOTTO: Die Wurzeln können nie ausfallen.

Kapitel 8.

inen Tag bevor Rocco erschossen wurde, hatte er an einer Fernsehsendung eines Lokalsenders teilgenommen. Die Aufzeichnung dieser Übertragung verwahre ich wie eine Reliquie. Es vergeht kein Tag, an dem ich sie mir nicht anhöre und ansehe und seine Worte sind in meinen Augen immer noch von Relevanz, auch wenn inzwischen einige Jahre vergangen sind. Mittlerweile kann ich das, was Rocco sagte, sogar auswendig. Es hat nichts an Aktualität eingebüßt, es ist immer wieder neu wie der Refrain eines Ohrwurms, den man nicht mehr aus dem Sinn bekommt.

Wie schön mein Rocco war! Nun, eigentlich nicht wirklich schön, ein wenig pummelig, krumme Nase, kohlrabenschwarzes, struppiges Haar... aber er war so gut und ehrlich und arglos wie eine Taube. Intelligent war er und sensibel, aber vorsichtig war er nicht, nein, das war er wirklich nicht. Er lebte in seiner Welt aus Schlagworten wie *Gesetzlichkeit* und *Gerechtigkeit*, aber ihm selbst widerfuhr keine Gerechtigkeit. Ich hatte ihn darauf aufmerksam gemacht. Ich verkochte ihm zum Trotz die Spaghetti. Wenn das einer Frau aus dem Süden passiert, besonders einer Frau aus Saudi Kalabrien, wo ich nun einmal herkomme, dann hat das eine ganz bestimmte Bedeutung. Es zeigt, dass eine Frau innerlich kocht. Er verstand schon, dass ich genervt war, denn familiär und wirtschaftlich ging es nicht gerade aufwärts. Er fragte:

"Rosa, was ist los mit dir? Liegen deine Nerven blank?"

"Weißt du was los ist? - fragte ich mit verschränkten Armen zurück - wenn beim Ehemann die Nerven nicht blankliegen, wenn sie blankliegen sollten, dann liegen sie bei der Ehefrau blank. Bedanke dich bei den Heiligen, dass ich nicht völlig ausraste, ansonsten gäbe es Schlimmeres als verkochte Spaghetti "

"Oh, ich sehe schon, wenn du mir mit der Bibel kommst, kann das nur bedeuten, dass du schlecht gelaunt bist. Sagst du mir endlich, was du hast?"

"Mich fragst du das? Ich sollte dich fragen, was dich reitet! Verstehst du denn nicht, dass ich mir Sorgen mache? Rocco, ist es möglich, dass dir überhaupt nicht auffällt, was um dich herum passiert? Du läufst Gefahr, dass sie dir das gleiche Ende bereiten wie Peppino Impastato, Pippo Fava und der andere, wie hieß er gleich… Tullio De Mauro!"

"Mauro De Mauro, der Journalist der paler-mischen Tageszeitung *L'Ora*. Er wurde 1970 von der Mafia ermordet, Tullio ist sein Bruder, er hat immerhin Karriere als Universitätsprofessor und Politiker gemacht. Den ermordet niemand, der war sogar Minister und ist mit seiner Universitätsreform gescheitert. Lach doch ein wenig, komm schon! "

Ich war aber unendlich aufgebracht.

"Was bist du für ein Blödmann! Lach nur, lach! Ich werde diejenige sein, die weinen wird, wenn sie allein zurückbleibt. Du hast vergessen, dass du die Verantwortung für eine Familie trägst, für deine Frau, deinen Sohn. Du bist gewissenlos, das bist du! Wann willst du endlich aufhören, den Helden zu spielen? Meinetwegen habe vor nichts Angst, ich bewundere dich sogar dafür. Aber ich fürchte mich, seitdem ich diese anonymen Anrufe bekomme…"

Rocco runzelt die Stirn: "Welche anonymen Anrufe?"

"Ich habe dir bisher nichts davon erzählt,

um dich nicht zu beunruhigen. Zuerst dachte ich, es sei ein geschmackloser Scherz eines Witzbolds oder eines neidischen Kollegen…, aber dann fragte ich mich, wer so blöd sein kann, auf dich neidisch zu sein. Dann dachte ich, es könnte eine Geliebte sein. Aber wenn du eine Geliebte gehabt hättest, wäre mir das aufgefallen, ich hätte das fremde Parfüm gerochen und vieles andere wahrgenommen, viele Kleinigkeiten, denn ich bin eine Saudi Kalabrierin, eine, der nichts entgeht."

Er reagierte nicht mehr darauf, denn er hatte verstanden, worauf ich hinauswollte.

"Ach, jetzt sagst du nichts mehr und bist stumm wie ein Fisch, sprichst du nicht mehr?"

"Was soll ich darauf noch sagen? Du weißt genau, dass ich keine Seitensprünge mache."

"Klar, denn wo findest du eine andere Wahnsinnige, die so hinter dir steht wie ich?"

"Hör zu Rosa, ich muss in die Redaktion zurück, sag, was dich wurmt oder sei still, nicht für immer, aber bitte zumindest bis heute Abend."

Ich schnäuze mich, weil ich wässrige Augen habe, teils weil mir die Wut hochkommt, wenn ich mich unverstanden fühle und teils, weil ich mich von Tag zu Tag mehr fürchte.

"Also gut, du musst wissen, dass jemand an

manchen Tagen anruft und ohne zu sprechen wieder auflegt. Es dauert exakt eine Minute. Ich höre jemanden schwer atmen und ich zähle die Sekunden, aus Angst, dass er mir das sagt, was ich nicht hören will, nämlich dass du heilige Kühe schlachtest. Zuerst dachte ich mir, dass sich jemand verwählt hat, aber dann zweifelte ich daran, denn es konnte nicht sein, dass sich jemand täglich um die gleiche Zeit verwählt, noch dazu an 30 Tagen hintereinander. Ich weiß schon, du bist dir sehr wohl bewusst, was du machst und du gehst nur kalkulierte Risiken ein. Du wagst dich nur bis zu einem bestimmten Punkt vor, das weißt du besser als ich. Aber weißt du, was ich dir sage? Wenn du in beruflicher Hinsicht tun und lassen möchtest, was du willst, dann sei kein Hosenscheißer, Rocco! Geh doch nach Mailand oder Rom zu einer richtigen Zeitung, zu ‚La Repubblica‘ oder ‚Il Corriere della Sera‘…, dort tut dir keiner was. Aber hier, in der Hauptstadt der Ermordeten…, von der Kanzel deines wackeligen, wurmstichigen Schreibtisches aus…, ihr habt gerade mal das Papier für die Druckerei… Was willst du da machen? Willst du David gegen Goliath spielen? Den Freiberufler? Den Don Quichotte der Sibarite? Oder willst du den

Moralapostel spielen, den Scharfrichter oder besser noch… den Dummen?"

Rocco hörte sich alles regungslos an, vielleicht war er auch psychologisch darauf vorbereitet, denn früher oder später musste er auf einen Wutausbruch seiner Frau gefasst sein. Es war nur eine Frage der Zeit, wann ich unter dem Druck meiner Ängste explodierte.

"Wenn du es noch immer nicht verstanden hast, wiederhole ich es zum letzten Mal. Du setzt nicht nur dein eigenes Leben, sondern auch das deiner Familie aufs Spiel. Und warum? Aus beruflichen Gründen! Nennst du das, was du machst, einen Beruf? Was zahlen sie dir bei der Zeitung? 800 Euro monatlich für eine Fest-anstellung… was sollen wir damit groß anfangen? Sieh dich um, wie wir hausen!"

"Aber Rosa…" Rocco versuchte, mich mit einer zärtlichen Geste zu besänftigen.

Ich wehrte seine Hand ab, mit der er mir zärtlich über die Wange streichen wollte, wie es im Übrigen nur er konnte.

Ich verstummte, um Luft zu holen, aber eigentlich auch, um ihm Zeit zu lassen, darüber nachzudenken und um meinen Klagen mehr Gewicht zu verleihen, damit er sehen konnte, dass ich das alles nicht nur sage, sondern dass mir, verflucht noch mal, ernst damit war.

"Lass mich, rühr mich nicht an! Wenn meine Eltern uns nicht geholfen hätten, hätten wir dumm dagestanden mit deinem beschissenen Beruf! Ich habe dir vertraut, als du zu mir sagtest, ich solle mir keine Sorgen machen. Wegen dir habe ich mein Dorf verlassen, meine Stelle als Lehrerin aufgegeben und die Schule, wo ich unterrichtete. Wegen dir bin ich hier gelandet, wo ich niemanden kenne und du hast mir versprochen, dich um alles zu kümmern, ja sicher, und was ist mit der Zukunft, die du deinem Sohn bietest? Du bietest ihm eine schwarze Zukunft, eine Scheißzukunft! Statt eines angemessenen Lohns für die letzten Artikel, die du geschrieben hast, haben sie dir einen Leibwächter gegeben, weil du so viele Drohungen bekommen hattest… unten auf dem Treppenabsatz hatten wir einen Maresciallo sitzen, der kurz vor der Pensionierung stand, und dem alten Herrn mussten wir obendrein jeden Tag einen Kaffee und ein Hörnchen spendieren. Was haben wir davon? Seitdem du diesen dürftigen Geleitschutz hast, hat die Versicherung die Finanzierung des neuen Autos abgelehnt, denn sie versichern dich nicht gegen Feuer, wenn das Auto früher oder später in die Luft fliegt."

"Aber aber, übertreibe doch nicht so, da fliegt nichts in die Luft!"

"Ach übrigens, neuerdings gibt es noch etwas. Seit ein paar Tagen werde auch ich eskortiert, aber nicht von der Polizei, sondern von einem glänzend schwarz lackierten BMW mit deutschem Kennzeichen. Hinten sitzen zwei Typen, ich sage dir…, sie folgen mir seit einer Woche auf Schritt und Tritt, sie haben sogar angehalten, um mir zu helfen als… auch Giacomino war dabei… sie waren freundlich und als ich mich abschließend bedankte, sagten sie zu mir: ‚Sagen sie ihrem Mann, er soll beim Auto die Reifen wechseln lassen, denn es könnte sein, dass alle vier zugleich explodieren. Haben wir uns deutlich genug ausgedrückt?'"

Rocco sackte zusammen und ließ sich auf einen Stuhl fallen. Es wurde ihm klar, dass sie ihn an seiner Achillesferse erwischt hatten, seine Familie.

"Ich weiß, ich weiß, das missfällt dir und du kannst nichts dagegen machen. Aber ich, mein Lieber, ich kann sehr wohl etwas dagegen tun, einen Schnitt kann ich machen, ja, denn ich komme mit diesem Leben nicht mehr zurecht, das verdiene ich nicht. Auch Giacomino verdient ein besseres Leben als du es ihm bieten kannst... ich bin es müde, immer von denselben Dingen zu reden. Außerdem ist das nicht meine Aufgabe."

"Was willst du damit sagen?"

"Wenn du dem Ganzen auf den Grund gehen willst, wenn du deine im Ozean verborgenen Seesterne finden willst wie damals, als du klein warst... wirst du deine Wahrheit... du wirst alles allein machen müssen, ohne uns..."

Ich hatte gewiss nicht den Mut, ihn zu verlassen, aber ich hoffte, dass ihn meine Drohung zur Vernunft bringen und er sehen würde, was für einer Gefahr er sich aussetzt.

Das hatte einzig und allein zur Folge, dass er mir nichts mehr über seine Arbeit, seine Recherchen, erzählte. Bestimmt tat er das nur, damit ich mir nicht noch mehr Sorgen machte.

Einige Tage danach sagte er, er habe mit jemandem gesprochen, mit einer geheimnisvollen Figur. (Später erfuhr er, dass es sich um Dino Sauro, den Boss, handelte, den er im Gefängnis interviewte). Tatsächlich bekam ich keine anonymen Anrufe mehr. Ich wurde auch nicht mehr von dem schwarzen BMW mit deutschem

Kennzeichen verfolgt.

"Hast du gesehen?" - fragte er mich strahlend. - Die Killer sind nach Deutschland, in ihr eiskaltes Nest, zurückgekehrt. Jetzt, in Duisburg, sind auch die Deutschen hinter ihnen her."

"Aber Rocco, du träumst! - brachte ich ihn auf den Boden der Tatsachen zurück. - Die fahren mit ihrem deutschen Kennzeichen in Deutschland frei herum, weil sie die Wiedervereinigung mitfinanziert haben. Sie haben das Land gekauft, Rocco, sie haben ganz Europa gekauft, Banken, Finanzsysteme, Börsen, Zeitungen, Fernsehsender, Spielhallen, Supermärkte, Restaurants, Pizzerien...

Kapitel 9.

Unser Zuhause verwandelte sich in eine düstere Höhle, die bedrückende Stille wurde nur dann und wann von leichtem Husten, Seufzen oder Gähnen unterbrochen, wenn Giacomino nach erledigten Hausaufgaben zu Bett gehen musste. Giacomino und ich aßen zu Mittag wie zu Abend mit über den Teller gebeugtem Kopf. Wir saßen nebeneinander und unsere Mahlzeiten fanden stets um die gleiche Zeit statt, als folgten sie einem starren, erschreckend rigiden Zeitplan, nach dem man die Uhr hätte richten können.

In Wirklichkeit wollten wir die Augen nicht heben, damit wir nicht den leeren Platz vor uns sahen. Es fehlte jemand… er fehlte uns schrecklich. Von Zeit zu Zeit versuchte ich, die drückende Atmosphäre zu lockern, die sich wie eine Giftglocke auf unsere Gedanken, unser Verhalten, ja selbst über unser Herz stülpte.

Ich fragte meinen Sohn:

"Giacomino, he, Giacomino, hör zu, wie ist es dir heute in der Schule ergangen?"

Auf diese dumme Frage eine ebenso

abgedroschene Antwort:

"Gut. Es ist mir in der Schule gut gegangen, Mama".

"Soll ich dir bei den Hausaufgaben helfen?" - bot ich ihm an, das war alles, was ich in dieser Verfassung tun konnte. Mein Seelenzustand bewegte sich zwischen würdevoller Trauer und blinder Wut, denn die Rachegefühle die in mir brannten, musste ich im Zaum halten, nicht so sehr meinetwegen, aber wegen Giacomino. Ich wollte nicht, dass er sah, wie sehr ich litt, darunter hätte er wiederum gelitten.

Giacomino war ja nicht dumm, er spürte, dass mein Interesse nicht echt war und ging der Sache aus dem Weg:

"Du brauchst mir bei den Hausaufgaben nicht zu helfen, Mama, ich kann sie alleine erledigen, sie sind ganz leicht. Ich habe die Erklärungen des Lehrers verstanden."

Und manchmal fügte er hinzu: "Weißt du, ich bin ja schon groß!" Vielleicht wollte er mich damit beruhigen.

Ich umarmte ihn innig und versuchte sein Fels in der Brandung zu sein, auf den er sich jederzeit verlassen konnte und für mich dachte ich: er ist zwar noch ein Kind, aber innerlich entwickelt er große Stärke, genau wie sein Vater. Hoffentlich - und dafür bete ich zu Gott - will er nicht Journalist werden!

Einmal träumte mir von meinem kleinen Giacomino, als eine Art einsamen Rächer, als himmlischen Erlöser für alles Böse in der Welt. Er hatte ein Schwert in der Hand wie der Erzengel Michael, ja, exakt wie er, der Schutzpatron der 'Ndrangheta, und hieb den Mafiosi den Kopf ab. Das Blut spritzte aus den Blutgefäßen des Halses hervor, gerade so, wie es auf Heiligenbildchen und sakralen Gemälden abgebildet ist, die den Heiligen als denjenigen darstellen, der die Dämonen köpft, nur dass es in diesem Fall die Köpfe der Mafiosi waren, die der Klinge meines Erzengels Michael-Giacomino zum Opfer fielen. Die Köpfe mit Voll- oder Schnurrbart rollten wie Bowlingkugeln auf den Boden, die röchelnden Münder lallten Flüche in kalabrischem Dialekt. Sie kamen nicht zum Stillstand, sondern drehten sich um ihre eigene Achse, und die Münder hörten nicht auf zu fluchen. Da nahm mein Giacomino eine *'mazzacani,* einen großen Stein[4], und zertrümmerte die Köpfe, sodass das Hirngewinde herausspritzte, während der Erzengel Michael vom Himmel stieg

---

[4] Literarisch: *ammazzacane, Hundemörder.*

und die Körper der Enthaupteten einsammelte, um sie in den Abgrund der Hölle zu werfen...

Ich erwachte am Höhepunkt des Traumes, als die Körper dieser Ungeheuer in den ewigen Flammen brannten. Vielleicht gibt es die Hölle, aber sie ist leer, doch ich hoffe, dass es so ist, wie Papst Johannes Paul II. schon sagte: Gott kann nicht so böswillig sein wie die Menschen hier auf Erden. Gott kennt nur Vergebung und Erlösung, aber keine Rache. Ein Gott der Rache ist nicht Gott und darf nicht mein Gott sein.

Aber ich bin nun mal nicht der Papst, daher darf ich mir so manchen Rachegedanken erlauben, auch wenn ich weiß, dass das eine Sünde ist. Und in die innere Hölle, die sich mir aufgetan hat, als sie die Liebe meines Lebens, meinen Rocco, ermordeten, dahin stecke ich die Mörder sehr wohl. Und ich lasse es ihnen dort alles andere als gutgehen. Ich habe mir für sie ein glühendes Nagelbrett ausgedacht, auf dem sie in alle Ewigkeit zappeln müssen, während sie eine Riesenschlange in die Hoden beißt, aus denen ätzendes Sperma wie Eiter all des Bösen fließt, das sie in ihren Herzen tragen. Mein Fluch laste sieben Generationen lang auf ihnen!

Im Übrigen schreckte mich der Alptraum

eigentlich nicht, im Gegenteil, er gefiel mir gut.

Ich stehe auf und wasche mir die Hände, auf denen vermeintliche Blutspuren kleben und mir wird bewusst, dass ich nur geträumt habe. Ich gehe in die Küche, um das Frühstück für Giacomino zu machen. Er ist bereits aufgestanden und ich befinde mich vor einem Unbekannten, einem jungen Mann, der eine starke Ähnlichkeit mit meinem Rocco hat… und mit Giacomino.

Der Mann, von dem ich glaubte, dass er mir nicht bekannt ist, grüßt mich:

"Hallo Mama, machst du mir den Kaffee wie immer?"

Da wird mir zum ersten Mal bewusst, dass mein Giacomino kein Kind mehr ist. Herangewachsen ist er und viel größer als ich.

"Giacomino - frage ich ihn, - sag, wie lange ist es her, dass Papa von uns gegangen ist?

Er wirkt genervt.

"Hör mit der ewig gleichen Frage auf, wann Papa von uns gegangen ist, und nenn mich nicht mehr Giacomino, ich bin kein Kleinkind mehr! Du weißt selbst, dass das schon 15 Jahre her ist und dass ich mittlerweile 23 bin. Schau mich nicht an, als ob ich über Nacht groß geworden wäre. Ach, warte mal… sag die Wahrheit:

hast du wieder geträumt, dass ich der Erzengel Michael bin und alle Bösen töte? Sag schon!"

"Ja, diesen Traum mag ich sehr!"

"Was hältst du an der alten Scheiße fest? Verstehst du denn gar nicht, dass ich nicht bin wie er und dass ich auch nie wie er sein werde?"

"Was bedeutet das, wenn du sagst, dass du nicht so sein willst wie Papa, er war doch tüchtig, großzügig…!"

"Wie dem auch sei, Papa ist nicht von uns gegangen, er hat uns nicht verlassen, sie haben ihn ganz einfach unten auf der Straße, vor unseren Augen erschossen. Hast du verstanden? Du hast in der Nacht immer denselben Traum, in dem du mich als Erzengel Michael siehst, der die Bösen ausrottet. Und am Morgen erwachst du, als ob die Nacht nicht vergangen wäre, als ob die Zeit an jenem Tage stehen geblieben wäre. Ich halte nichts davon, den Blöden zu spielen wie Papa, ich bin nicht wie er."

"Sei still, du weißt nicht, was du sagst!" Ich verberge mein Gesicht in den Händen.

"Was hat er davon gehabt? Eine Maschinengewehrsalve hat man ihm verpasst und danach war nichts als Schweigen. Mama, weißt du eigentlich wie sehr sie mich in der Schule gequält haben, weil ich der Sohn von diesem blöden Dramatisierer war, der hätte schweigen müssen. Mama, es gibt keinen Erzengel Michael, der herabsteigt, ihn zu rächen, tut mir leid! Der heilige Erzengel Michael scheißt auf Papa, auf dich und auch auf mich, denn das ist deren Schutzheiliger, verstehst du? Sie tragen seine Statue bei den Prozessionen auf ihren eigenen Schultern und sichern sich einen Platz in der ersten Reihe mit dem Klang des Geldes für die Pfarre. Vergiss deinen Heiligen Michael…"

Da rutschte mir eine Ohrfeige aus. Ich glaube, dass ich ihn nie zuvor geschlagen habe, auch nicht als Kind:

"Schäm dich, so spricht man nicht von den Heiligen, die uns lieben und vom Himmel herab beschützen! Was können sie dafür, wenn die Menschen Jesus Christus verraten?"

Ich hätte noch gern hinzugefügt, dass die Menschen schlimmer als wilde Tiere sind, die sich nur dann untereinander töten, wenn es ums nackte Überleben geht. Aber Giacomino war schon grußlos aus dem Haus gegangen, ohne mich zu küssen, wie er es als Kind immer gemacht hatte. Ich ging zum Fenster, um zu sehen, wie er das Haus verlässt, ich wollte ihm noch einen Gruß und etwas Liebes nachrufen, denn es ist schlimm, wenn sich Mutter und Sohn grollend trennen, außerdem tat es mir leid, dass ich ihn geohrfeigt hatte. Ich kann gar nicht sagen, ob ich hart zugeschlagen hatte, aber meine Hand schmerzte.

Ich öffnete das Fenster und wollte ihn gerade rufen, als ich sah, wie er auf dem Parkplatz unter unserem Haus mit der Fernbedienung die Tür eines nagelneuen schwarzen Autos, eines BMWs, öffnete. Er setzte sich auf den Fahrersitz und raste mit quietschenden Reifen davon. Dabei hinterließ er ausgerechnet an der Stelle, an der Rocco im Kugelhagel starb, eine schwarze Reifenspur. Als er um die Ecke bog, sah ich das Kennzeichen, es war deutsch.

Der Himmel brach über mir zusammen. Sie hatten Rocco ein zweites, drittes, viertes, fünftes Mal ermordet. Da wurde mir bewusst, dass sie auch mich ermordet hatten.

Ich sackte zusammen und fiel regungslos zu Boden.

Als ich wiedererwachte, befand ich mich in einem Bett auf der Intensivstation. Man sagte mir, dass ich in Ohnmacht und daraufhin ins Koma gefallen war, da ich mit dem Kopf aufgeschlagen hatte. Zwei Jahre lag ich bereits im Koma.

Während dieser Zeit saß Giacomino oft stundenlang bei mir und versuchte, mich durch den Klang seiner Stimme zurückzuholen. Er erzählte mir Märchen, die ich ihm früher schon erzählt hatte, als er ein kleines Kind war. Ich war zeitweilig wach und fiel dann wieder in den komatösen Zustand zurück. Ich sagte zu Giacomino, er solle fliehen, weit weg gehen, sich so weit wie möglich von den Mördern seines Vaters entfernen, er solle sich nicht in die Abhängigkeit dieser bestialischen Höllenmonster begeben, die ich im Halbschlaf zwischen Leben und Tod in einem Flammenmeer sah, wie in meinen Albträumen und Rocco war mitten unter ihnen.

"Mama, was sagst du da? Ich werde sie alle verhaften lassen, diese Bastarde!"

Jetzt flackert in meinen verwaschenen Erinnerungen manchmal etwas auf, was Giacomino sagte. Alles war konfus, die Erinnerung verschwamm zwischen Fantasie und Wirklichkeit, zwischen Angst und Hoffnung. Ich brauchte lange, bis mir bewusst wurde, was wirklich geschehen war und dass nun alles anders war.

Giacomino verhielt sich genau so, wie sich Rocco seinem Vater gegenüber verhalten hatte, um die Wahrheit ans Licht zu bringen. Aber er hat nicht schon als Kind angefangen herumzufragen und die Leute zu belästigen. Denn Rocco gaben sie damals einen Tritt in den Hintern und schickten ihn gedemütigt nach Hause.

Giacomino aber wartete, bis er erwachsen war und schleuste sich in einen Clan ein, wobei er vorgab, seinen Vater, den Blöden, abzulehnen, weil dieser nicht verstanden hatte, dass Kohle, Geld, alles ist. Giacomino unterwarf sich dem Mafiakodex und der Bindung an den Clan durch den Blutschwur. Sobald er genügend Beweise gesammelt hatte, ging er zu den Behörden und erzählte seine Geschichte als Pentito. Er war vielleicht der erste Pentito der 'Ndrangheta, die auf strikt familiären Bindungen beruht und anders ist als die sizilianische Mafia, deren Zusammenhalt durch aufgenommene Mitglieder gewährleistet wird. Daher gab es in der 'Ndrangheta auch keine Pentiti, keine Überläufer. Zumindest nicht bis zu dem Zeitpunkt, als mein Giacomino alles den Ermittlern mitteilte: alle Fakten, Personen und Namen. Er hatte das Vertrauen eines Anführers gewonnen, der wegen seiner Zielsicherheit 'U Tiradrittu (der Scharfschütze) oder Dino Sauro genannt wurde. Bereits Rocco hatte ihn gekannt. Niemand anderer als Dino Sauro persönlich beschützte Rocco, als man begann, mich anzurufen und zu überwachen. Rocco war ihm sympathisch, weil er mit ihm diskutieren konnte und außerdem konnte ein Journalist nützlich sein, der etwas gegen die 'Ndrangheta schreibt. Denn es brauchte einen Widerstand, ansonsten wäre alles derselbe Brei. Wenn es keinen Widerstand gibt, keine Polizeiaktionen, behauptete Dino Sauro, sinkt der Preis im Drogenhandel und wir zahlen drauf.

Dino Sauro ärgerte sich sehr über den Mord an Rocco. Er fühlte sich von einer rivalisierenden Bande übergangen und tat alles, um diese zu zerrütten. Er benutzte Giacomino als Boomerang, nur damit er sagen konnte: was habt ihr davon, wenn ihr einen Papperlapapp, einen Journalisten, erschießt, der große Worte macht, der in dem ganzen Scheiß auch Wahres schreibt, das niemand je ernst nehmen wird.

Dino Sauro brachte daher Giacomino ins Spiel, um zu beweisen, dass es in Kalabrien, sogar in Saudi Kalabrien, Gesetze gibt, Menschen, die sich der Mafia widersetzen, Kriminelle, die verhaftet werden, denn wenn niemandem je etwas geschähe, würde die Regierung in Rom geostationäre Satelliten zur Überwachung über

Kalabrien benutzen, damit bereits beim leisesten Verdacht, Ort und Uhrzeit aufgezeichnet würden. Aber mit einer Teilwahrheit, die man wie einen frischen Fisch in ein Zeitungsblatt wickelt, kann man dieses Chaos vermeiden. Und alle sind glücklich und zufrieden.

Giacomino interessierte sich nicht für solche Dinge, er hatte nur das eine Ziel im Auge, seinen Vater zu rächen und Saudi Kalabrien für immer zu verlassen, denn wir Kalabresen empfinden eine Hassliebe für unser Land, aber das habe ich vielleicht bereits gesagt, ich bin nämlich erst vor kurzem aus meinem langen Schlaf erwacht und meine Erinnerungen sind noch nicht ganz da.

Ich erinnere mich jedoch, wenn auch nicht ganz deutlich, weil noch alles wie vernebelt ist, wie mich mein Giacomino das letzte Mal besuchte. Ich konnte gerade erst die Finger bewegen. Er streichelte sie und drückte mir einen Brief in die Hand, den ich erst einige Wochen später las, als es mir nach und nach besser ging und ich mich wieder rühren konnte.

Diesen Brief trage ich immer bei mir.

Liebe Mama, ich muss jetzt los und ich darf dir nicht sagen, wohin ich gehe und wie ich in Zukunft heißen werde. Ich bin jetzt wer anderes, man wird meine Gesichtsmerkmale verändern, sodass nicht einmal du mich wiedererkennen kannst. Ich werde weit weg gehen und wir werden uns nicht wiedersehen. Aber du sollst wissen, dass es mir gut geht und dass ich Gerechtigkeit für Papas Tod erreicht habe. Ich habe sie verhaften lassen. Ich bin nicht wie Papa und ich will nicht weiter hierbleiben in deinem geliebten "Saudi Kalabrien" und den Helden, den Don Quichotte gegen Windmühlen, spielen und so wie er auf ein Wunder warten, den Sieg über die Ndrangheta, denn diesen Sieg wird es nie geben. Ich will auch nicht von Legalität und Gerechtigkeit träumen, in einem Land, in dem die Legalität nur als Möglichkeit verstanden wird, jemanden so zu fesseln, dass er sich selbst erdrosselt. Ich habe getan, was ich tun musste und ändere mein Leben. Ich bin jetzt verheiratet und du bist Großmutter eines wunderschönen Mädchens, das wir nach dir benannt haben, Rosa. Aber ich darf dir nicht sagen, wo wir leben, das würde dich und uns alle gefährden. Vielleicht gibt es eines Tages ein Wiedersehen. Ich weiß nicht, wie und wann das sein wird. Warte auf mich, ich liebe dich, es küsst dich dein Giacomino.

* * *

Aus Sicherheitsgründen hat man mich in ein Dorf im Norden übersiedelt, ich kann euch nicht sagen, wo es ist. Hier ist es nebelig und es regnet häufig. Im Winter ist es trüb und kalt. Hier kenne ich praktisch niemanden, hier nennt man mich abfällig und höhnisch die "Saudi Kalabresin". Die hiesige Bevölkerung glaubt, dass ich die Frau irgendeines 'Ndrangheta Bosses bin, die in den Norden verbannt wurde, sie glauben ich könnte das Dorf verderben, das System der Schutzgelder einführen. Manchmal höre ich, wie sie mein Land nennen: "Geh doch zurück in dein Saudi Kalabrien!" Sie sagen es in ihrem unverständlichen Dialekt, aber diese Worte verstehe ich gut. Und ich verstehe auch, dass sie vor mir Angst haben, denn sie kennen meine persönliche Geschichte nicht, weil ich sie niemanden erzählen darf. Die Behörden haben mir nahegelegt, im Interesse meines Wohlergehens und meiner Sicherheit zu schweigen, denn ich könnte zur Geisel werden und damit Giacomino aus seinem Versteck locken. Ich schweige für ihn, nicht so sehr meinetwegen, denn mir ist es inzwischen gleichgültig, ob ich lebe oder sterbe.

Stundenlang sitze ich am Fenster und warte

darauf, dass sich ein Unbekannter nähert. Es könnte mein Killer oder mein Giacomino sein. Für mich wäre beides eine Erlösung.

Aus dem Tagebuch von Rocco.

Ich fürchte, dass das Problem mit der Mafia nie gelöst wird. Rede ich vielleicht als Anwalt des Teufels? Nein, als einer, der verstanden hat, wie die Dinge laufen. Sieh mal, heutzutage ist die 'Ndrangheta nicht nur die kompakteste und unauffälligste kriminelle Organisation, sie ist auch die gefährlichste und eine, die alles durchdringt. Manche irren, wenn sie die Organisation als Gegenstaat, als krankhaften Auswuchs bezeichnen. Und diese Gemeinplätze haben nicht dazu beigetragen, die wahre Natur der 'Ndrangheta zu erfassen, die ja innerhalb des Staates und dadurch mit ihm und nicht deshalb entstanden ist, weil es keinen Staat gab. Sie richtet sich auch nicht gegen den Staat.

Wir müssen der Wahrheit ins Auge blicken und dürfen keine Angst davor haben, die Wirklichkeit zu lesen. In einer Region, in der ein Viertel aller Familien unter der Armutsgrenze lebt, kann die 'Ndrangheta die einzige positive Bilianz aufweisen, sie erobert immer mehr Märkte und mischt überall mit... die 'Ndrine, die Unterorganisationen, breiten sich überall aus und ihre dubiosen Geschäfte ranken sich nicht nur um Drogen, Prostitution, Waffen und das Glücksspiel, sondern umfassen tausende anderer Unternehmens- und Handelsaktivitäten, die unter dem Deckmantel legal zulässiger Aktivitäten stattfinden: angefangen bei Restaurantbetrieben über Bautätigkeiten bis hin zur Verwaltung von Garagenplätzen, von Beerdigungsinstituten, Supermärkte, die wie Pilze aus dem Boden schießen, die totale Kontrolle über die Verteilung des Fleisches, die Unterwanderung des Immobilienmarktes und des Fremdenverkehrs. Ganz zu schweigen vom großen Geschäft mit der Abfallwirtschaft und natürlich auch mit dem Gesundheitswesen. Und an diesem Punkt drücke ich beide Augen zu... wenn wir die 'Ndrangheta für eine rein kriminelle Angelegenheit halten, der Ordnungskräfte wie ich und du entgegentreten können, so ist das eine Verarschung. Wäre die Mafia lediglich kriminell, meine Liebe, wäre sie bereits besiegt worden wie irgendeine Gaunerei oder der Terrorismus. Die 'Ndrangheta aber ist eine kriminelles System, das immer schon von politischen und Finanzmächten unterstützt worden ist. Wer sich die Helfer der Mafia mit als ländliche Bevölkerung mit Mütze und Gewehr vorstellt, lebt in der Vergangenheit. Heutzutage stecken hinter den Killern Fachleute und Politiker, die zu allem bereit sind.

'A MUGGHJERI

di Enrico Bernard

1.

È passato tanto tempo da quando sono arrivata quassù, nel profondo nord, ma tutti ancora mi guardano stranamente. Chi non mi conosce, lo capisce subito dall'accento che sono una forestiera, una meridionale. E non appena mi sente parlare diffida di me. Le parole mi escono di bocca con le consonanti dure e le vocali aperte. Mi chiedono se sono siciliana, e quando rispondo *quasi*, per non rivelare la mia vera provenienza, mi trattano con sospetto, senza aggiungere il sottinteso: allora sei calabrese! Lo hanno già capito e hanno timore delle mia provenienza: perché sono lì in un paesino del nord-est? Che ci faccio? Sono forse la donna di un boss della 'ndrangheta spedita al confino?

Glielo leggo negli occhi quello che pensano: l'unica cosa che sanno esportare questi terroni di merda è la mafia. Li spediscono al nord per farli attecchire anche da noi, ci portano il cancro del sud.

Io chino la testa, perché il loro silenzio mi dice già tutto, e me ne torno a casa come un cane battuto.

Sono sempre stata sola, sempre. Sola nella mia cameretta quand'ero bambina, perché noi femminucce non ci facevano giocare per strada - io fratelli o sorelle non ne ho. Sola dopo che mi sono sposata, perché Rocco non c'era mai, aveva sempre da fare per le sue inchieste, i suoi articoli, che naturalmente venivano prima di me e di nostro figlio Giacomino nella scala gerarchica delle sue priorità familiari... e quando lui non c'era, cioè quasi sempre, a me non mi andava di uscire... da sola! E che andavo a fare in giro per i vicoli ad attirare occhiatacce, perché la gente giù al paese in Calabria invece mi conosceva – eccome se mi conosceva! - come *'a mugghjèri 'e chiddu che scass' 'a minchia! La moglie di quello che rompe le scatole.*

- Troppo pericoloso, signora! - mi apostrofava il maresciallo caposcorta che avrebbe dovuto seguire i miei spostamenti. Poi, perché caposcorta se c'era solo lui... che se ne stava anche per andare in pensione, e non volevo certo guastargliela io la pensione costringendolo a farmi da scudo col suo corpo ad una raffica di pallottole.

- Ha ragione, marescià, tira brutta aria oggi, me ne resto a casa, usciamo magari domani se il tempo migliora...

- Migliora, migliora... domani...

Il maresciallo si rituffava nella lettura della *Gazzetta dello Sport* rialzando quella barriera di fogli rosa tra la sua presenza - inutile, perché se volevano ammazzarmi l'avrebbero già fatto passando sul suo cadavere - e la mia solitudine.

- Domani signora vedrà che c'è un sole che spacca le pietre - tentava di consolarmi il maresciallo *Inutile* (il soprannome - Inutile - ce l'ho dato io, perché non posso rivelare la sua vera identità), come inutile era la sua frase di circostanza. Perché io naturalmente non mi riferivo al tempo metereologico, ma alla situazione generale, politica: speravo che l'emergenza continua in cui ero costretta a vivere sarebbe finita, la guerra sarebbe finita, la guerra di mafia che mi aveva coinvolto, travolto, stravolto...

Purtroppo sapevo, anche se non volevo rendermene cosciente, che non sarebbe mai finito nulla, anzi la crisi politica, civile, morale e con essa la corruzione, sarebbero peggiorate, perché l'Italia dal sud al nord è un pozzo di guai e rogne senza fine. Eppure debbo ammettere che in un angolo recondito del mio cuoricino covavo la speranza che un giorno Rocco avrebbe finito col suo maledetto lavoro che ci stava dando tutti quei pensieri. Ed una volta esaurita, conclusa la sua missione, messa la parola fine alle sue inchieste, saremmo potuti andare al mare insieme, senza la scorta, io e lui da soli, come due fidanzatini, tenendoci per mano. Santa ingenuità, com'ero bambina a trastullarmi col mondo dei sogni e dei balocchi: è proprio vero che agli uomini piace illudersi immaginandosi cose irrealizzabili, cose che non si possono avverare… no, non possono, semplicemente perché la realtà è come una crosta di pane che non si riesce a masticare per quanto è dura, ma bisogna inghiottirla a forza, mandarla giù.

Così mi ritrovo ad ammazzare – che bella espressione, sembra fatta apposta per me! - il tempo in una provincia nebbiosa del nord, tra gente che non mi ama, che non mi capisce e che, soprattutto, non mi vuole. A questa gente io vorrei raccontarcela la mia storia, aprirmi, cercare amicizia, confidenza, comprensione e solidarietà. Però mi hanno intimato di non dire nulla, di tenere la bocca chiusa, omertosa come una mafiosa vera, perché metterei a repentaglio non solo la mia incolumità ma anche quella di altre persone.

E poi, siamo sicuri che qualcuno mi capirebbe? Temo che se sapessero la verità, la verità vera, quella con la maiuscola, mi ricaccerebbero indietro ancora più impauriti come se rappresentassi ai loro occhi Scilla, il mostro circondato da una miriade di musi feroci di cani. Vaglielo a raccontare che invece Scilla non era nata mostro, ma era una bellissima ninfa che fece innamorare il figlio del dio del mare, Poseidone. Fu la gelosa Circe a versare nelle acque della spiaggia di Zancle, dove la ninfa era solita fare il bagno, un veleno che le trasformò le gambe in serpenti tentacolari alla cui estremità abbaiavano e ringhiavano i terrificanti cerberi....

Gesù! Quante volte ho sentito queste storie da bambina, raccontate dalla mamma come fiabe per farmi addormentare. Ma io invece ci credevo - Madonnina santa se ci credevo! - e la notte mi ronzavano in capa quelle storie mitologiche e mi svegliavo in preda agli incubi dopo aver sognato cose terribili... una specie di tragica premonizione, ora lo so.

2.

Il mio paese è quello dove c'è l'olio più buono del mondo, dove c'è il mare più azzurro del mondo, dove ci sono le montagne che si alzano come castelli incantati verso il cielo e dei fiumi che scendono vorticosamente a valle in primavera, - e d'estate sono greti arsi dal sole come schiene di dinosauri pietrificati. Il paese della Fata Morgana, dei bronzi di Riace, della cultura sibarita che portò luce e anima in questa terra barbara, l'Italia, e la aprì al pensiero greco, a Parmenide, a Pitagora e a Platone.

Non tutti sanno però cosa significa questo nome che non ha niente a che fare coi calabroni velenosi. *Calabria* viene dal greco *Kalon-brion*, che vuol dire *Faccio sorgere il bene*, per la fertilità del suo territorio... oliveti, agrumeti e frutteti, il bergamotto ed il cedro. Che profumi! Che sapori! Che panorami! Me li porto nel cuore…

Noi Calabresi qualche volta, con sottile autoironia, aggiungiamo al nome della nostra terra l'appellativo *saudita*: la *Calabria Saudita*. Facciamo un po' come i carabinieri che si prendono in giro da soli inventando le barzellette su se stessi.

Beh, forse dire che se le inventano da soli è un po' troppo, capita che non siano così intelligenti, come recita quella barzelletta ... sai perché i Carabinieri vanno sempre in coppia? Perché uno sa leggere e l'altro... okkey, la conosciamo tutti.

Hanno imparato però anche loro - i carabinieri, intendiamoci, non i Calabresi che sono rimasti permalosissimi, Dio sa quanto! - a non avvelenarsi troppo quando li si sfotte. Se se ne incontra uno al bar in borghese, non sapendo che magari può essere il Comandante della locale caserma, gli si può raccontare la famosa barzelletta del maresciallo cornuto e lui si mette a ridere - se la capisce. Ma non si incazza più di tanto, non ti denuncia per diffamazione dell'Arma. E manda giù il rospo, magari a fatica, ma manda giù. Inghiotte anche lui, quando deve, quando non può farne a meno, quella dura crosta di pane che si chiama realtà.

Anche noi Calabresi abbiamo imparato a non prenderci troppo sul serio, a sdrammatizzare. Così diciamo che veniamo dalla *Calabria Saudita* per renderci più simpatici, meno duri, meno presuntuosi, meno mafiosi. E con quel *saudita* non intendiamo offendere la Mecca o qualche sceicco: ma solo dire che più a sud di qui non si può andare, noi siamo il fondo dell'Europa, e siamo a conoscenza dei nostri limiti, dei nostri difetti da meridionali, della nostra perenne arretratezza. Che poi, diciamocelo sinceramente, a farci diventare arretrati sono stati i Piemontesi portandoci via tutto quello, non era molto, che avevamo.

Beh, è innegabile che il termine *saudita* dia l'idea di una regione chiusa, di uno stato a parte, di un'enclave. Già: perché non è facile entrare ed uscire nella e dalla Calabria Saudita. L'autostrada Salerno-Reggio Calabria - non ne parliamo - va avanti dal 1965 e finirà solo quando un terremoto staccherà la punta dell'Italia dal resto dello stivale, rendendo inutile l'intera opera stradale. Del resto, quel pezzo di carreggiata che hanno finito dopo Salerno serve solo a collegare la nostra 'ndrangheta alla Camorra della Campania. A sud, una di fronte all'altra, ci sono Scilla e Cariddi, lo Stretto di Messina. Volevano farci il ponte, ma poi si sono accorti che da entrambe le parti mancano le strade, mancano i binari, manca tutto. E allora che ci fai di un ponte tra la mafia sicula e la 'ndrangheta calabrese?
Sul versante dello Ionio invece le cose vanno meglio... la Statale 113 unisce effettivamente la nostra 'ndrangheta alla Sacra Corona Unita di Puglia e Basilicata, dove però c'è anche una mafia

più piccola, ma non meno pericolosa, quella dell'acqua.

Insomma, da queste parti è tutta una mafia, una 'ndrina, una camorra... La prova? Percorretela di notte in macchina la Statale 113 Ionica e vedrete che non ci tornate più. Un inferno di prostituzione e rifiuti, di regolamenti di conti e di agguati, dove l'estraneo, il turista, che si azzarda a passare è guardato con sospetto perché è uno che si impiccia, fa domande, scatta foto, vuole sapere, conoscere, vedere - magari per semplice curiosità o per chiedere un'informazione stradale. Oppure si impiccia per ingenuità come quando spararono al turista tedesco che si era fermato a pisciare su un ulivo ai margini di un terreno di proprietà di un boss che si trovava nascosto in un casale vicino. Ed è anche per questo che la Calabria è *saudita*, è chiusa come il nome onomatopeico, cioè che deriva dal suono della parola 'ndrangheta, che sta per *chiusura*, come di una mandata di un potente chiavistello che fa *'ndranghete*!

3.

Eh, quanto era bello, il mio Rocco! Era bello, ma veramente bello!! Certe volte ancora mi chiedo: ma che ci avrà trovato di così speciale in me?! Non sono ricca, non ho studiato, pure se mi sarebbe piaciuto, ne poteva trovare tante di donne più brillanti e affascinanti di me, mah! Quando glielo dicevo, i primi tempi, lui scoppiava a ridere.

- Sei proprio una scemotta! - Poi mi stringeva forte: - Perché io in te, vedo... - e si bloccava. Non mi ha mai detto che cosa ci vedesse in me. Ma io lo capivo lo stesso, in me lui si rispecchiava, trovava se stesso, la sua purezza, la sua limpidezza, il suo candore ed anche il suo coraggio.

Spesso mi raccontava di quando era bambino... quando i parenti gli chiedevano:

- Che minchia vuoi fare da grande? -, il mio Rocco ci rispondeva: il subacqueo.

- E perché vuoi fare il subacqueo? — si stupivano tutti.

- Perché mi piace guardare il fondo marino attraverso l'acqua chiara! - faceva Rocco con quegli occhioni spalancati da eterno bambino, che poi è rimasto sempre uguale.

E lo zio ridendo faceva a suo padre:

- Vattenne! Mo' ce lo compro io un acquario marino a tuo figlio, così la smette di sognare queste minchiate di fare il subacqueo e pensa a qualcosa di più serio, magari a fare il calciatore perché si guadagnano un mucchio di *piccioli*. -

- Ma io soldi – si ribellava il mio Rocco – non li voglio!

- E perché non li vuoi?

- Perché non mi servono: io voglio vedere il fondo del mare, e basta. E il mare non si paga, è libero per tutti, è grande il mare!

E così dicendo usciva di casa per correre alla spiaggia, mettersi la maschera e tuffarsi nel mare che lo abbracciava come una sfera di cristallo.

Poi, crescendo, si è accorto che l'acqua del mare cominciava a intorbidirsi, sempre di più. Trovava lattine e rifiuti sul fondo, buste di plastica galleggianti... sentì dire a suo padre che la ditta che raccoglieva i rifiuti su appalto del comune, invece di portarli alla discarica, li gettava a mare per risparmiare.

- Ma io li denuncio! - udì il padre per la prima volta incazzato. E si capisce, il padre di Rocco gestiva una piccola attività turistica, teneva una barca attrezzata per portare i villeggianti a fare delle gite sul mare, lungo la costa. Ma con quell'acqua fetente, piena di monnezza tritata e altre schifezze, la gente non voleva certo farsi la gita. Il padre di Rocco sporse denuncia ma... una sera non tornò a casa, c'era il mare agitato, i carabinieri dissero che probabilmente era stato trascinato via da un'onda anomala... ma Rocco non ci ha mai creduto alla storia dell'onda anomala. Rocco cominciò, che non si era ancora asciugato il moccio dal naso, pure a fare delle ricerche per conto suo, una specie di inchiesta... per quanto un ragazzino possa andare a fare in giro domande e a scassare la minchia. Si beccò pure qualche scappellotto e comunque non venne a capo di niente. Solo il suo professore di italiano, poco coinvolto nelle faccende del paese perché veniva dal nord e se ne sarebbe tornato a casa presto, gli disse di non mollare, di non mollare mai, di andare a fondo, di cercare sempre la verità che è come una stella di mare adagiata sulla sabbia degli abissi. Quelle frasi *andare a fondo* e *cercare la verità, che è come una stella di mare posata sulla sabbia degli abissi*, determinarono la sua esistenza che fu così animata da una doppia sete: di verità e di giustizia.

Per questo il mio Rocco ha sempre pensato alla professione del giornalista che si è scelto fin da ragazzo, quando ha cominciato a scrivere sui giornali ciclostilati della scuola, come ad una missione di verità. Era pronto a consumarmi la suola delle scarpe, perdersi nei vicoli delle città alla ricerca di voci, indiscrezioni: ma certo: avrebbe corso qualsiasi rischio, non si sarebbe arrestato di fronte a nessun pericolo, il mio ingenuo eterno bambinone, pur di compiere il suo dovere di cercatore del vero e di denuncia.

Invece di corse e fughe, inseguimenti, appostamenti, confidenze e ricerche, verifiche e confronti, si è ritrovato dietro una piccola scrivania quasi tutta occupata da un maledetto telefono che non squillava mai. Eh sì, lo fecero diventare un topo di redazione col compito di girare al caporedattore le notizie preconfezionate dell'agenzia che potevano in qualche modo interessare il nostro giornaletto di provincia – sponsorizzato da qualche boss locale, si capisce. Il suo compito era quello di un puro e semplice copia-incolla, cui magari aggiungeva qualche notarella di costume o di colore. Forse aveva visto troppi film americani, in cui la professione giornalistica era descritta in tutt'altro modo. Ricordate *L'ultima minaccia*? - in cui c'è quella famosa battuta finale di Hamphrey Bogart: *Senti questo rumore? È la stampa ragazzo!* -

con cui si chiude la carriera di un politico corrotto sbattuto in prima pagina da un cronista coraggioso. Eh sí, doveva aver proprio visto troppi film, perché, poveretto, non si sentiva per niente realizzato in quello che faceva. Era triste, abbacchiato, teneva sempre la testa bassa come un capretto che sente arrivare la Pasqua. Si lamentava sbiascicando le parole... una in particolare la ripeteva di continuo: cazzo!, con un tono che sembrava che volesse tirar giù qualche arcangelo dal cielo.

- Rocco, ma che me lo dici a fare. Tu sai che ti voglio bene e tutto quello che fai per me è buono, se fai e se non fai... beh, per me fa lo stesso, anzi, guarda, forse è pure meglio se te ne stai calmo e buono.

- Ah ma allora a te sta tutto bene, anche se faccio il vigliacco e me ne resto dietro alla scrivania a tirarmi le seghe?

Lo so che non voleva accusarmi di niente, non pensava quello che cercava di farmi capire, cioè che mi riteneva in qualche modo responsabile, anzi, ci riteneva, me e Giacomino, la sua famiglia, ma sì responsabili! della sua paura, delle sue incertezze, del suo timore di esporci, di metterci in pericolo compiendo il suo dovere, scassando i santissimi a San Michele Arcangelo, il protettore della 'ndrangheta... sempre che glielo avessero fatto fare il suo dovere, s'intende. Rocco invece non capiva che per me quel suo starsi buono, in disparte, reprimere il suo anelito di verità, moerare il suo desiderio non dico di cambiare il mondo, ma almeno di spaccarlo in quattro, mettersi la sordina come si fa con la tromba che suona troppo forte, significava un atto di coraggio quotidiano di cui gli ero grata, non tanto per me, ma per Giacomino che non aveva colpe se era nato in un mondo così schifoso e bastardo.

- Rocco - lo sfidavo, perché questo voleva da me, la sua "leonessa" calabrese, che gli trasmettessi il coraggio, la forza per staccarsi dallo stato di inerzia in cui era stato costretto da noi, dalla famiglia, per proteggerci, e dal suo ambiente professionale, i colleghi, i capi, che cercavano a loro volta di evitare rogne e guai: - e se non vuoi farlo più il vigliacco vaccelo a dire, basta che non te ne stai tutta la cena con la testa nel piatto come un cane bastonato, che mi fai una pena peggio di un cane bastonato.

Quella sera mangiò di buon gusto. Di solito spilluzzicava con la forchetta, per lui il cibo era solo una necessità per tirare avanti e arrivare al giorno successivo. Invece fece pure il bis della spaghetatta che, da brava meridionale, preparo sempre abbondante, 150 grammi a persona, perché se non si mangia tutta, il giorno dopo, ripassata in padella con un uovo sbattuto dentro, i maccheroni al ragù di carne sono ancora più buoni.

La mattina successiva mi sveglio sola nel letto. Giacomino dorme ancora, oggi non va a scuola perché c'è lo sciopero degli insegnanti. Rocco è già uscito, si è fatto il caffè da solo ed è sgattaiolato fuori senza fare rumore. Allora lui ci è andato davvero a parlare coi capi! Il pensiero mi attraversò la mente come una ventata che all'improvviso oscura il cielo. Un brivido mi percorse la schiena, una sensazione che mi restò appiccicata addosso come una seconda pelle, una pelle d'oca, per tutta la mattinata. Ma quando lo vidi rientrae per pranzo – gli avevo preparato un bel fritto di paranza e avevo ancora le mani mezze infarinate - capii, tirando un sospiro di sollievo dentro di me perché percepivo una specie di premonizione di come sarebbe andata a finire la nostra storia, se avesse ottenuto quello che voleva, cioè le inchieste, insomma capii che aveva fatto un buco nell'acqua, un fiasco totale. La risposta che riceveva alle sue richieste professionali di incarichi e missioni speciali era sempre la stessa:

- Picciotto, ricevi lo stipendio a fine mese? E allora, si può sapere che ti rode?

Lo prendevano pure in giro:

- Ma se volevi fare casino, perché non hai fatto lo sbirro? Lascia perdere, va!

Agli sfottò reagiva a muso duro come sa fare solo un idealista che si sente punzecchiato sul lato debole della sua missione civile:

- Ma lo sai, imbecille, che hanno trovato a pochi chilometri da casa tua, nascosti in un pozzo, alcuni flaconi contenenti gas nervino? Ci potevi restare secco tu, la tua famiglia, i tuoi parenti, mezza Calabria poteva restarci secca.

Al ché cominciavano a spaventarsi, non tanto per il gas nervino usato dalla mafia russa come merce di scambio per una partita di droga, ma per la sua ostinazione, la sua capa tosta, ritenendolo addirittura più pericoloso del gas nervino.

- Chistu minchione ci fa perdere 'u posto! –

- Così un giorno si sentì affibbiare un soprannome: 'U Tragediatturi.

- Perché colleghi e superiori cominciarono a chiamarlo così, è evidente. 'U Tregediatturi, tra i molti significati, è colui che fa troppe storie, che non si accontenta, che manifesta spavaldamente e un po' teatralmente il proprio dissenso. E, naturalmente, è uno che esagera. Gli davano con quel nome, insomma, dell'esagerato.

- E stai sempre a parlà di mafia, 'ndrangheta... ma Cosa Nostra sta lontana e la 'ndrangheta calabrese è solo robetta di poco conto, questioni locali, rivalità che si risolvono alla maniera antica del codice d'onore... non è insomma un pericolo a carattere nazionale, e chi se ne frega per quattro 'ndrine che si sparano tra loro per un pezzo di terra...

- Nessuno però arrivava mai alla conclusione del discorso, cioè che quel pezzo di terra per il quale quattro 'ndrine si sparavano, non era un pezzo di terra qualunque, ma il sito di un appalto multimiliardario finanziato dallo Stato e dalla Comunità europea.

- Rocco, intendiamoci bene, stimava i suoi colleghi e non ha mai fatto allusioni che sono compiacenti o peggio complici della Piovra; intendeva solo dire che per pigrizia e superficialità non sempre sono andati a fondo. E quando ci sono andati hanno rischiato di finire come De Mauro e Giuseppe Fava. Morti ammazzati come cani rognosi.

Ecco, è così che nel corso dei suoi anni trascorsi in redazione Rocco vide prosperare la mafia calabrese, allargarsi a dismisura, invadere le regioni italiane del Nord, consolidarsi in Germania e in Sudamerica: e poterne scrivere solo col contagocce, gli faceva una rabbia... Ma poi neanche lui aveva il coraggio di insistere più di tanto. Dopo tutto aveva una famiglia, una moglie e Giacomino. Poteva forse esporsi più di tanto? Fosse stato solo a lui a pagare, si sarebbe gettato nel fuoco a testa bassa.

Il coraggio! Quello non gli è mai mancato. Ma è pur vero che se uno il coraggio ce l'ha, da solo non basta: poi ci vuole qualcos'altro a spingerti all'azione, alla lotta, soprattutto quando c'è di mezzo la famiglia. Qualcuno o qualcosa deve pure spingerti, sostenerti a compiere il primo passo verso la canna del Kalashnikov che ti prende di mira nel momento in cui cominci coi tuoi articoli a rompere i coglioni, a scassare la minchia.

4.

Questo è l'ultimo articolo di Rocco... L'ho letto e riletto mille volte, mi ricordo ancora quando lo ha scritto. In cucina sul *laptop* che sembrava inchiodato sul tavolo dove di solito mangiavamo. Poi mi ha chiamato e me lo ha letto ad alta voce. Declamava come un tribuno! Io ascoltavo e tremavo di paura solo a sentire le sue affermazioni, mentre lui si esaltava leggendolo, si infervorava come un pubblico ministero all'arringa conclusiva.

Francesco Fonte è nato a Bovalino nel 1948 da genitori artigiani. Suo padre aveva una piccola fabbrica di mobili per ufficio assieme al fratello Ferdinando, la madre era casalinga. Si è iscritto all'Università, ma non è riuscito a laurearsi. Frequentando il liceo scientifico ha conosciuto personaggi come Pietro Bartolini, Totò Idozia, Peppe Pancaldo e Mimmo Modaferro. Fu quest'ultimo a raccomandarlo presso il locale di Siderno nel quale è stato poi rimpiazzato, ovvero affiliato, come si dice nel gergo della 'ndrangheta.

È stato Fonte, ex affiliato alla cosca di Siderno, precedenti per droga, a gettare negli ultimi anni un fascio di luce sulla struttura della 'ndrangheta. Fonte ha raccontato di essere stato iniziato alla 'ndrangheta nel 1966 in un casolare in contrada Mirto nel comune di Siderno alla presenza di un compare di Macrì, un certo Antonio, di professione gioielliere, anziano proprietario di una gioielleria sul corso principale di Siderno.

5.

Poi è successo tutto all'improvviso, come in uno di quegli incubi che sognavo da bambina, quando mi vedevo sorgere davanti il mostro Scilla con le fauci dei cani che grondavano sangue.

Ero in casa, stavo stirando. Ho sentito lo scoppio come di una serie di mortaretti, pensavo a Giacomino che stava giocando per strada con gli amichetti, e mi sono affacciata a gridargli: Giacomino, stacci attento con quegli affari maledetti, che li fabbricano i cinesi e possono scoppiarti tra le mani. Ma Giacomino mi rispose dalla sua cameretta. Mamma, sono qua in camera, sto facendo i compiti. Allora ho avuto un presentimento. Mi sono affacciata al balcone e ho visto una macchia nera sull'asfalto bagnato che rifletteva le luci dell'illuminazione stradale. Sembrava il corpo di un uomo disteso in una posizione innaturale. Ho riconosciuto il soprabito di Rocco, ho visto dei buchi sulla schiena da cui scaturivano le macchie di sangue. Ho gridato,

gridato tanto. Giacomino si è spaventato, poverino, ché forse aveva capito anche lui o aveva il mio stesso presentimento, e si è messo a piangere. Perché un bambino di otto anni che vive nel costante terrore che il padre possa essere ammazzato, e queste cose le percepisce dai discorsi che facevamo sottovoce, non ci mette molto a realizzare. Sono corsa giù per strada che si era come desertificata. Tutti scomparsi, nascosti dietro le imposte, i negozi avevano abbassato le saracinesche, ma non in segno di lutto, ma per paura. Una cappa di silenzio omertoso era caduta tutt'intorno. Mi sono gettata sul corpo di Rocco, l'ho preso tra le braccia, ho cercato di rianimarlo, l'ho baciato, l'ho chiamato.

- Rocco, Rocco, non è niente, non è successo niente, adesso ti portiamo all'ospedale, Aiuto, che qualcuno mi aiuti!

Mi sono ritrovata le mani e la faccia sporca di sangue. Sono passati attimi interminabili, forse minuti. Poi mi sono sentita toccare sulla spalla, era il braccino di Giacomino che mi aveva seguito in strada. Piangeva anche lui. E nessuno veniva a dare una mano. Poi ho sentito le sirene della polizia e ricordo solo una voce, la voce di un poliziotto che mi diceva, signora venga via, per piacere, non c'è più nulla da fare, lo faccia per suo figlio.

Ed io allora lo faccio per mio figlio, e continuo a farlo, ogni giorno alla stessa ora: apro la finestra e recito, che lo so a memoria, l'ultimo articolo di Rocco, quello per cui volevano farlo star zitto. Ma Rocco zitto non ci sta e parla, parla, continua a parlare per bocca mia. Sparate anche a me sparate? E poi ci sarà Giacomino e poi qualcuno altro fino alla fine del tempo, fino alla vostra maledizione. Per sette generazioni dovete bruciare...

6.

Ora mi hanno trasferito per motivi di sicurezza in un paese del nord, non posso dirvi dove. C'è la nebbia e piove spesso. D'inverno fa freddo ed è uggioso. Non conosco praticamente nessuno, qui mi chiamano con tono di scherno e disprezzo la Calabra Saudita. La gente del posto pensa che sia la moglie di qualche boss della 'ndrangheta confinata al nord, credono che possa contagiare il paese, portare il sistema del pizzo. Qualche volta sento che commentano al mio passaggio "ma tornatene nella tua Calabria saudita"! Lo dicono nel loro incomprensibile dialetto, ma quelle parole io le capisco bene. E capisco anche loro che hanno paura di me, non conoscendo la mia storia personale che non posso però raccontare e nessuno. Il Magistrato mi ha ordinato di tacere, per il mio bene e la mia sicurezza. E perché potrei rappresentare un ostaggio per far uscire Giacomino allo scoperto.

Più che altro io taccio per lui, non per me - ché ormai vivere o morire mi interessa poco.

Passo ore seduta alla finestra in attesa di vedere avvicinarsi uno sconosciuto: potrebbe essere il mio killer oppure il mio Giacomino.

In entrambi i casi sarebbe la mia liberazione.

www.ingramcontent.com/pod-product-compliance
Lightning Source LLC
LaVergne TN
LVHW041721190726
843493LV00007B/2182